ベリーズ文庫

平凡女子ですが、トリップしたら異世界を救うことになりました

若菜モモ

STARTS
スターツ出版株式会社

目次

救うことになりました

Character Introduction

謎を秘めたイケメン皇子

ディオン・アシュアン・ベルタッジア

ベルタッジア国の第三皇子。ある事情で国務には関わらず、芸術に傾倒している。女好きのヘナチョコ皇子と思いきや、桜子には一途で過保護。情熱的に愛を注ぎ、桜子を妃にと強く望む。実は周囲に見せていない本当の姿が…!?

イヴァナ皇后

現皇帝・ルキアノスの妃であり、ディオンの弟にあたる第四皇子の母。皇后の座を得るため、他の側妃を暗殺してきた。溺愛する姪のダフネ姫とディオンの婚姻を成立させるため、桜子を排除しようと命を狙う。

カリスタ

ディオンの乳母で、イアニスの祖母。宮殿の女官たちを取り仕切っている。桜子の味方となり、孫のように可愛がってくれる。

イアニス

ディオンの忠臣。幼い頃からディオンに仕え、彼の代わりに政務や雑事を行っている。公私ともに支える腹心。

平凡女子
ですが、
トリップしたら
異世界を
ポジティブ剣道少女
鈴木桜子
正義感が強く、剣道が特技の女子高生。ある日突然異世界にトリップしてしまい、襲ってきた賊を竹刀で倒したら、怪しい術師として捕えられ…。興味を持ったディオンの宮殿で囲われ、皇妃候補に大抜擢！　そのせいで権力争いに巻き込まれることに!?
ルキアノス皇帝
ディオンの母を自分のものにするため前皇帝を暗殺し、ベルタッジア国の皇帝の座についた好色な男。正当な皇位継承者であるディオンを亡き者にしようと、何度も刺客を送っている。
ダフネ姫
ディオンに想いを寄せている、イヴァナ皇后の姪。ディオンとの婚姻をイヴァナ皇后にねだり、桜子を遠ざけようとする。

プロローグ

『愛する息子、ディオン。どうかあなたは権力を持とうとは思わないで』

皇妃アラーラ・ベルタッジアは、たったひとりの愛息子の死を恐れ、いつも彼に言い聞かせていた。

力をつければ、その先が欲しくなる。その悲劇を、身をもって知っているアラーラ皇妃は、ディオンに物心がつくとすぐに、権力争いに関心を持たないようにと伝えながら育てた。母の教えの通り、第三皇子であるディオンは政《まつりごと》に興味はなく、争い事にも無関心だった。

ベルタッジア国には五人の皇子がいる。皇宮で暮らすことができるのは成人になる十五歳まで。それからは領土を与えられ、領主となり、そこを統治する。

ディオン・ベルタッジアも、皇都から西に位置するアシュアン領をもらい、名前にも領土の地名が入り、ディオン・アシュアン・ベルタッジアとなった。

十五歳からアシュアン領主となったディオンだが、詩を詠んだり楽器を弾いたりしてばかりの日々を過ごしている。

現在二十歳のディオンには、まだ妃はいない。

そんなディオンを補佐しているのは、イアニスという男。年齢はディオンより十歳上で、アラーラ皇妃が信頼している家臣の息子である。彼の祖母はディオンの乳母でもあった。

アシュアン領は山と海に囲まれた街で、他国からの侵略者も後を絶たないが、イアニスのおかげで、悪事を働く輩《やから》は警備兵により排除され、民衆は平和な暮らしを得ていた。

第一章

都内にある女子校の体育館では、剣道部の元気な声が響いている。

「めーん！」

「山喜《やまき》さん。もっと中心を取って、左足で強く床を蹴って。手だけに意識しないでね」

後輩たちの練習を見ている鈴木《すずき》桜子《さくらこ》は、有名な女子体育大学に入学が決まり、部活は引退している高校三年生だ。

艶やかな長い黒髪はシンプルな赤いゴムでひとつに結び、動くたびに肩甲骨の辺りで揺れる。

小学校の低学年から剣道を始めた桜子は、高校生ながら日本代表にも選ばれるほど強く、三段の有段者だ。

加えて、漆黒の瞳は大きく、なにもつけていない唇はさくらんぼのような色で、美少女である。

白い道着に袴《はかま》の凛《りん》とした立ち姿は、誰しもうっとりするほどで、後輩たちの憧れの対象になっていた。

「桜先輩が体育館にいるって！」

「見に行かなきゃ！」

みんなから『桜子』ではなく、言いやすい『桜』と呼ばれている。

桜子の追っかけなどもいて、女子校ならではの先輩美少女に憧れる生徒たちで、体育館の隅がいっぱいになるほどだ。

「しーっ。今、練習試合中よ」

次々と体育館に入ってくる女生徒たち。彼女たちは一辺が九から十一メートルの四角いコートの中で戦っている桜子に注目する。

桜子は二年生の主将を前に竹刀《しない》を構え、彼女の動きを微動だにせず見つめていた。

「めーん！」

二年生の主将が、竹刀を桜子の面に向けて振り下ろす。それを桜子ははじき返し、逆に彼女の小手を狙って、主将めがけて踏み出す。

——バシッ!!

桜子の竹刀が主将の小手を叩《たた》く。

「一本！」

副主将が叫び、旗を上げた。桜子の一本に、「きゃーっ」と観客たちの黄色い声が飛び交った。

　ふたりは開始線に戻り、きっちりと礼をする。

「ありがとうございました！」

　双方の挨拶が終わり、主将が面を外しながら桜子に近づいてきた。

「桜先輩には一度も勝てないで終わってしまいました。次回は絶対！　またお願いします！」

　面の下の、きりっとしたショートヘアの主将の顔に汗が光り、彼女はそれを日本手《て》拭《ぬぐ》いで拭《ふ》く。

　桜子も面を取り、にっこりと後輩に笑う。

「朱美《あけみ》は強くなったよ。これからも頑張ってね。みんなを引っ張っていかなきゃね。また顔を出すから、防具は置いていくね」

「はい！　もちろんです」

　朱美と呼ばれた主将は、憧れである桜子からの激励に嬉《うれ》しそうに笑った。

「桜先輩、ご指導ありがとうございました！　お疲れさまでした！」

　体育館を出ていく桜子に、後輩たちが口々に挨拶する。

　桜子が更衣室へ向かっていると、生徒会の会長である親友の前田美香《まえだみか》と廊下でバッタリ会った。美香はショートカットで姉御肌の友人だ。

「桜っ！　部活に出ていたの？」

「うん。暇だもん」

　美香は口をとがらせてから、肩をすくめて笑う。

「剣道ばっかりだから、彼氏ができないのよ。残念な美少女よね～」

「そんなこと言って。美香だって、いないじゃない」

　コロコロと笑いながら、美香の肩を突っついた。

「私は別に可愛《かわい》くないし。桜に彼氏がいないのは我が校の七不思議よ」

「七不思議って……」

　桜子は呆気《あっけ》に取られてから、親友に微笑《ほほえ》む。

「美香はまだ生徒会の仕事があるの？」

「そうなの。卒業式に向けてね。追い出されるほうなのに、やることがいろいろあるんだ。桜、早く着替えて。風邪ひいちゃうよ」

「うん。じゃあ、また明日ね！」

　真冬に汗をかいた剣道着姿。確かに身体が冷えてきたようだと、美香と別れて更衣室へ急いだ。

全国大会常連の剣道部の部室にはシャワールームもあり、桜子は後輩が来る前にと、急いで浴びて制服に着替える。それからグレーのダッフルコートを羽織った。

高校と自分の名前が刺繡《ししゅう》されている真っ赤な竹刀袋の中に、竹刀が二本入っている。防具は更衣室に置いているが、竹刀は自宅で手入れをすることもあり、いつも持ち歩いている。

それに、美少女の桜子は、通学中の電車で痴漢に遭う確率も高い。しかし竹刀袋を持っていれば、そんな目に遭うことはなかった。

桜子は道着を入れたトートバッグを肩に提げ、竹刀袋を持って更衣室を出た。

すでに日が落ちていて、真冬の木枯らしが頰に当たり、ブルッと身を震わせる。

(今夜はお鍋ってお母さんが言っていたっけ。早く帰って温まろう)

あまりの寒さに頰が赤くなっていく。吐く息が真っ白だ。

校門を出て、足早に駅に向かう。

桜子の家は、学校から電車で三つ目の駅が最寄り。駅からは徒歩十分くらいだ。電車がすぐに来れば、三十分もかからない距離である。

歩き始めてから少しして、下半身に違和感を覚える。なんだか自分の足がちゃんと地面を踏んでいない気がしたのだ。

端に寄って立ち止まり、俯《うつむ》く。スカートから伸びたスラリと長い足と、冬場でも短くて白いソックスと黒い革靴は、いつも通り。

(寒いから、足の感覚がおかしいのかも)

持っていた竹刀袋を、背中に来るよう斜めがけにしてから、再び歩きだす。

もうすぐ駅、というところの交差点に来た。

横断歩道で待っていると、小学生の男の子が隣に立った。有名進学塾のカバンを持っている。

(まだ低学年みたいなのに、塾か……大変だな)

信号が青になり、桜子が歩く前に、男の子が先に歩を進めた。

そのとき——。

——プップー!

耳をつんざくようなクラクション音が、その場に鳴り響く。桜子は、うるさいな、と思いながら音のほうへ顔をやった。

トラックが、すごいスピードで左折してくるのが目に入った。

桜子が息を呑《の》むのと駆けだすのは同時だった。男の子を助けなければと思ったのだ。

「危ないっ‼」

トラックはブレーキもかけずにどんどん近づいてくる。

金縛りに遭ったように動けない男の子のコートの襟を掴《つか》んだ桜子は、これ以上ないほどの力で引き戻す。

次の瞬間、間近に迫るトラックを前に動くこともできずに、肩をすくめてギュッと目を閉じた。

（ぶつかるっ‼）

そう思った瞬間、桜子は強い衝撃を身体に受けて、跳ね飛ばされた。

ぼそぼそとした話し声で、桜子は目を開けた。彼女は冷たい土の上に仰向けで寝ていた。

見慣れない光景と、覆いかぶさるようにして桜子を見ている、日本人ではない顔立ちの男たちにギョッとして、身体を起こす。

（私……）

彫りが深い外国人のような顔。茶色の瞳で見つめられ、桜子は戸惑う。そこで自分がトラックにぶつかったことを思い出した。

（あ！）

クラクションと共に走ってきたトラック。そのせいで桜子は全身を打ったはず。普通であれば血だらけになり、複雑骨折や内臓破裂は免《まぬが》れないであろう大事故だ。

（私、夢を見ているの……？　男の子は無事……？）

引き戻した男の子が、縁石のほうに転がったのを見たのが最後の記憶だ。自分は病院の集中治療室にいて、たくさんの管に繋《つな》がれているのではないかと考える。

（もしくは……私……死んだの？）

ニヤニヤと桜子を見ている男たちのうちのひとりが、口を開く。

「変な格好の娘だな」

桜子の耳に聞こえてくる言葉の発音は、まったく知らないものだが、言っていることがなぜかわかる。やっぱり自分は事故で意識を失っており、夢を見ているのだと思った。

「見たことのない顔立ちの娘だが、美人だ」

もうひとりの男が桜子を見て、今にも舌なめずりしそうだ。

（私を、美人って……夢だから勝手に、自分に都合がいいように解釈しているの？）

「早くやっちまおうぜ。毛色の違う娘で、楽しめそうだな」

三人目の男がズボンのベルトを外し始める。その動きに桜子の顔が引きつる。

粗野で、油の染みなのか黒く汚れた大きな手が、桜子のグレーのダッフルコートの上から腕を掴んだ。

「痛いっ!」

掴まれた感覚は現実のように思える。

(夢なのに、リアルに感触がわかるなんて)

「黒髪に黒い瞳。どこの国の女だ? 言葉はわかっているのか?」

桜子をジロジロと見ながら、結んだ髪に触れてくる男。

「触らないで!」

桜子は日本語で言ったつもりだが、男たちに通じたようで、髪を引っ張られた。

「ベルタッジア語がわかるみたいだ」

「べ、ベルタッジア……語……?」

まったく知らない言葉に、不安になる。しかし、やはり夢なのだと思い直す。地球上にそのような言語は、桜子が知る限り存在しない。

「そんなことはどうでもいいだろ。人が来ないうちに、早く済ませよう。おい、手を押さえつけておけ」

三人の男たちがニヤニヤといやらしい顔になって、桜子は恐怖を感じ始めた。

（この人たちは、私を犯そうとしているの？）

考えているうちに、ひとりの男に足を引っ張られ、倒されてしまった。

「きゃっ！」

男は、桜子が着ているダッフルコートのウッドトグルに手をかけるも、外し方がわからないようだ。

まるで現実のような力の強さに、桜子は夢ではないのかと半信半疑になる。

（なにかがおかしい……夢じゃないの……？）

男たちは中東系っぽい顔つきで、肌が浅黒く、目鼻立ちがはっきりしている。まるで異国に迷い込んだような世界だ。

「くそっ！　なんなんだ！　この服は！」

脱がせられない服に、男は苛立《いらだ》ちを見せる。そして、桜子のさくらんぼのような唇にキスをしようとした。

（嫌っ！）

顔を背けると、ねっとりした気持ち悪い唇の感覚が頬に当たる。その瞬間、胃液がせり上がってきて、桜子は吐き気をもよおした。

コートを脱がすことを諦めた男は、桜子の太ももに手を這《は》わせる。

（夢でも、このまま男たちの好きにさせるなんて、絶対に嫌っ！）

桜子は力を振り絞って、男たちの手から逃れようと懸命に身体を動かした。

右手を押さえていた男の手が離れる。

自由になった桜子の右手のすぐ近くに、竹刀袋が見えた。

手を伸ばして、竹刀袋をガッチリと掴む。それを思いっきり振った。竹刀袋は左手を押さえつけている男と、スカートをめくろうとしていた男の顔に、ふたり同時にヒットする。

竹刀袋の中には竹刀が二本入っているため、打撃力はかなりのもので、男たちは呻《うめ》いて隙ができた。

もうひとりの男に捕まらないように素早く立ち上がった桜子は、竹刀袋から竹刀を引き出した。それを構え、男たちと距離を取る。

「なんだ？　この娘は！　妙なものを出しやがった」

「いいから早く捕まえろ！」

リーダー格の男は苛立ち、他のふたりに指示をする。

（なんで夢がこんなにリアルなの？）

竹刀を持つ感覚は慣れ親しんだものだし、重みもある。

右側にいた男が、桜子を押さえようと手を伸ばす。その瞬時、桜子は竹刀を振り下ろした。それは男の頭にクリーンヒットし、そのあまりの痛さにうずくまる。

「ううっ……」

「大丈夫か！　くそっ！」

今度は左側の男が桜子に飛びかかる。しかし、高校生ながら日本代表にまで選ばれる桜子には、その男の動きは素早さに欠けており、落ち着いて竹刀を振り下ろした。

男は地面に倒れ込み、頭を押さえる。

「お、おい！」

最後のリーダー格の男は、見たこともない武器で戦う桜子に恐れをなしたが、ここまできたら引けない。娘は華奢《きゃしゃ》だ。懐に飛び込んで押し倒せば、娘の動きを封じ込められると、じりじりと距離を詰めようとした。

そんな男の動きは、桜子にしてみれば隙だらけだ。桜子は竹刀を横に振り、男の胴に一撃を食らわした。

今は痛みに呻いている男たちだが、痛みがなくなればまた襲ってくる。そう思った桜子は、三人の男たちに次々と力いっぱい面を入れていき、気を失わせた。

男たちが土の上に伸びるのを見て、「ふぅ～」と脱力した。

「竹刀があって、よかった……でも、どうしてこんなにリアルなの？」

まだ夢だと思っている。しかし、草や土のにおいがわかるし、空は抜けるように青い。ダッフルコートの前をはだけさせた状態で着ている桜子の顔は、暑さで汗が噴き出ている。

桜子は手の甲で額を拭った。

「汗……濡《ぬ》れている……これって、本当に夢？」

しかし、夢でなくて、なにであるというのだろう？

そこへたくさんの足音が桜子の耳に入ってくる。ビクッとして、足音のしたほうへ振り返ると、深緑色の制服のようなものを着た男たちがやってくるのが見えた。倒れている男たち同様、やはり肌が浅黒い。

（あの人たちは……？）

桜子に向かって走ってくる男たちの人数は、数えきれないくらいだ。

「武器を捨てろ！」

彼らは全員が同じ、きちんとした服装で、警察官みたいに見えなくもない。

実際に、この者たちはベルタッジア国の警備兵である。

襲ってきた男たちを倒した辺りから、これは夢ではないのかも、と思い始めていた桜子は、『武器を捨てろ！』と言った男に聞いてみることにした。

「ここはどこですか？」

「ベルタッジアだ！　いいから武器を捨てろ！」

大柄な男たちが地面の上に伸びているのを見て、警備兵たちはざわつく。いくら長い棒のようなものを持っているといっても、娘が男を三人ものせるとは思えない。

「初めて見る服に、この辺にはいない顔立ちの娘だな」

警備兵のひとりが桜子の顔をじっと見る。

「私は日本人です。この男たちに襲われて」

必死に口にしながらも、自分は異世界トリップをしてしまったのかもしれないと、桜子の脳裏によぎった。剣道少女の桜子だが、マンガや小説が好きで、中でもファンタジー作品を特に好んで読んでいた。

（まさか……異世界トリップなんて、マンガの世界だけよ）

ありえないことを思い浮かべ、頭を激しく左右に振る。

「お前ひとりで三人を倒したのか？」

か弱そうな女がひとりで男たちを倒したとは信じられず、警備兵は聞いてみた。地面に倒れている男たちは、他の警備兵たちに起こされている。

「そうです」

桜子はきっぱりと言った。

「助けてください。私はもしかしたら、異世界トリップをしてきたのかもしれません」

これが夢であればいい。しかし違うとなれば、どうにかして帰る方法を見つけなければならない。

「なんなんだ？　その異世界トリップというのは？」

「なにって……」

「お前、術使いか⁉」

話をしていた警備兵の隣にいた同僚らしき男が、突然桜子を指差して怒鳴った。

「じゅ、術使い？」

数人の警備兵たちは、『術使い』の言葉に、さらにざわつき始める。

「おい。早く捕まえて動けないようにしなければ、俺たちがやられる！」

「もう術使いはいないはずだぞ？　こんな小娘が術使いなわけがない」

そう言ってくれる警備兵に、桜子はうんうんと頷《うなず》く。

「私はこれで応戦しただけです！」

いつものように竹刀を持ち上げた瞬間、嫌な感じに場がどよめき始め、術使いだと疑いを持っていた警備兵が大声を上げる。

「押さえつけろー！」

その合図に、五、六人の警備兵が、桜子を取り押さえようと躍起になって向かってくる。

「きゃっ！」

逃げる間もなく竹刀が乱暴に取り上げられ、桜子は突き飛ばされた。地面に尻もちをつく形で叩きつけられた桜子を、警備兵たちが押さえつける。

「やめてっ‼ 離してっ！」

桜子は力いっぱい抵抗する。そのとき、右腕に強烈な痛みを覚えた。

「きゃーっ！ っ……ううっ……」

警備兵のひとりに腕を強くひねられて、ひどい痛みに気が遠くなり、抵抗ができなくなる。

(私……どうなっちゃ……うの？)

恐怖心に襲われる桜子は、右腕の痛みに耐えかねて目を閉じる。なにも抵抗することができず、荷物のように警備兵に担がれた。

頭に血が上ってくるのを感じながら、わけのわからない異世界にトリップしてしまったことを悔やんだところで、意識が飛んだ。

夕刻。窓辺で、胴の部分が丸い、日本の琵琶《びわ》のような形の楽器で音楽を奏でる男がいた。

ベルタッジア国のアシュアン領を統治する、第三皇子ディオンだ。

黄金のように輝く美しい髪は肩より長く、柔らかくて癖がある。瞳は宝石のアメジスト色で、鼻梁《びりょう》はスッと高く、男性でありながら美しいピンク色の唇。

生まれたときから、その美しさで誰をも惹《ひ》きつける魅力の主である。

ディオンはふと、楽器を奏でる手を止めた。ディオンの腹心の家臣イアニスが部屋に入ってきたせいだ。

「せっかく美しい音色でしたのに」

イアニスはがっかりした表情を浮かべる。

「私の奏でる音楽は、女性に聴かせるためのものだ」

演奏技術で、幼い頃から音楽をたしなんでいるディオンの右に出る者はいない。ベルタッジア国きっての美形で、国の女性たちの憧れの的である。

ディオンより十歳年上で、現在三十歳のイアニスは見事な体躯《たいく》をしており、浅黒い肌にブラウンの髪。その髪は短く、癖毛だ。

「ディオンさま、私にまで演技をする必要はないと申しておりますのに。退屈で、からかっておられるのですか？」

イアニスは部屋に入った段階で、遠巻きに大きなうちわでディオンに風を送っていた女官たちに下がるように指示をしていた。

ディオンは立ち上がり、窓辺から離れる。身にまとう美しい織りの長衣は薄布で、暑い日でも涼しい。

腰ほどのチェストの上に楽器を置きながら、イアニスに視線を向ける。

「イアニス、このような時間に珍しいな」

超絶美形なディオンの気だるげな表情は、艶っぽさがある。幼い頃から仕えているイアニスは免疫があるものの、他の者は男でも見入ってしまうほどだ。

「はい。警備局から連絡があり、この辺では見ない娘を捕まえたとのことなので、ご報告に上がりました」

「ベルタッジアの民ではない？」

「娘は華奢ながら、大柄な男三人を倒したそうです。警備兵は、術使いではないかと」

「術使い？　術師がいたのは百年も前のことと聞いているが？」

整った眉を寄せ、首を傾けるディオンだ。

「娘は変な棒を持っているそうです」

「変な棒とは、興味深いな。今、どこにいる？」

ディオンは、男三人を倒したという娘に興味を覚えた。

「街の警備局の牢屋《ろうや》に」

「行ってみよう」

扉に向かい、イアニスが後を追う。

廊下に出たところには、ふたりの屈強な体躯の男が立っている。ディオンの護衛であるラウリとニコだ。ふたりとも二十五歳で、やはりディオンと一緒に育ったと言っても過言ではないほどの関係だ。そのふたりにイアニスは口を開く。

「警備局へ行く」

ラウリはディオンの前を歩き、ニコはイアニスと並んだ。真ん中のディオンを守るために、いつもこのような配置で動く。

ディオンの住むアシュアン宮殿は、青と白のタイルで造形された、主と同じく美しい建物だ。アシュアン地区の中心に所在しており、その周りに街がある。

宮殿は三階建築で、真ん中の建物を主に、左右に翼のように建物が立っている。その後ろには、大小異なる椰子《やし》やオリーブ、果物の木、噴水などもあった。

この国の半年は猛暑。もう半年は雪こそ降らないが、厳しい寒さになる。

今は猛暑の季節で、あと四ヵ月は続く。極端な気候のベルタッジア国は山と海に囲まれ、山からは金や銀、海からは天然の真珠と塩、地中からは宝石が採れる産出国であり、裕福な国だ。

皇都はアシュアンから東の方角。馬で二刻のところにある。皇都の周りの領に、それぞれ十五歳になったときから四人の皇子が住んでいる。

もうひとり第五皇子がいるが、彼はまだ十歳であり、十五歳に達するまで領は皇帝の管轄で統一されていた。五人の皇子すべてが母親違いであり、異母兄弟だ。


アシュアンの街にある警備局に、ディオン一行が馬で乗りつけた。ディオンの愛馬は白の艶やかな毛並み。他の者は黒毛の馬だ。

警備隊長と副隊長が警備局の外で第三皇子を待っていた。白馬からディオンがひらりと下乗する。

日が落ちかけて、辺りは薄暗くなってきている。

「殿下、ご足労いただき恐縮でございます」

警備隊長が挨拶し、副隊長共々、深く頭を下げた。

ディオンは軽く頷いただけで、石造りの建物の中へ歩を進める。その際にもラウリが先頭だ。ラウリとニコの腰には、太くて長さのある剣が提げられている。

「まずはお茶を――」

「いや。すぐに娘に会いたい」

警備隊長の言葉を遮り、ディオンは石造りの階段を下りていく。ところどころにロウソクが灯されて薄暗く、どこからか吹く風に炎が揺れている。

足音だけが、静まり返った廊下に響く。

地下には、清潔とは言えない鉄格子の牢屋が左右三部屋ずつある。その一番奥の右の牢屋に桜子は入れられていた。他の牢屋には誰も入っていない。桜子を襲った男たちは釈放されていた。

ディオンは最初、牢屋に誰もいないように思った。ラウリがロウソクを掲げて中を照らすと、背を向けて誰かが横になっているのがわかった。黒髪と着ている服のせいで、暗闇に溶け込んでいたのだろう。

報告通りの黒髪は、ベルタッジア国にはいない。この国の者はみんなブラウンの髪と、明るい色の瞳だ。

ディオンの母はベルタッジア人ではなく、海を渡った国の王女であった。彼女の髪は見事な黄金色で、瞳はアメジスト色。ディオンはその母親の遺伝子を強く受け継いでいる。

牢屋の扉が開けられた。ディオンは中へ入らず、横たわっている桜子にラウリとニコが少しずつ近づく。

出入口に背を向けていた桜子は、その物音で意識を取り戻した。後ろ手に縛られ、身体の左側を下にしているのは幸いだった。痛めた右半身が下であったら、痛みに襲われているであろう。

（誰か来た……）

目を覚ましてはいても辺りは暗く、不安で怖かった。そして気温やにおいで、日本ではないと感じていた。右肩が痛いのもよくわかる。

目を覚ましたら日本に戻っていることを期待していたが、徐々に灯りが近づき、耳慣れない声が聞こえてきて、桜子の身体に落胆と緊張が走る。

「そこのお前！」

きつい口調で呼ばれた桜子は動けなかった。そのとき、上になっていた右肩をニコにギュッと掴まれる。

「きゃあぁ……！」

掴まれた痛みに、桜子は叫んだ。後ろ手に縛られていなければ、思いっきりさすりたかった。

桜子の叫び声に、肩に手を置いたニコは驚き、パッと離す。桜子は痛みを逃そうと浅い呼吸を繰り返す。

「様子がおかしい」

今までの男たちとは違う静かで低めの声が、苦しむ桜子の耳に届く。

（誰……？　声は優しそうだけど、助けてくれるとは限らない……）

桜子はその声の持ち主を見たかったが、縛られていては起き上がることもできない。

「殿下、肩が痛むようです」

「若い娘だな。丁寧に起こせ」

殿下と呼ばれた男の言葉に、小さく安堵《あんど》する。

ニコは桜子の左肩の下に腕を差し入れて、ゆっくり起こした。桜子はヒンヤリした石の上に座らされると同時に、ロウソクの灯りで顔を照らされる。

灯りが目に飛び込んできて、眩《まぶ》しさに瞼《まぶた》を閉じた。

（この世界には、電気がないのね……）

まさかと思っていたが、本当に、近代化されていない別世界のようだ。今までの男たちは、桜子が歴史で勉強したようなかなり昔の時代の服装をしている。

（でも、ベルタッジアなんて国は知らない。やっぱりここは異世界。そうでなければ言葉が通じるはずがないもの）

「お前、どこから来た？」

ロウソクを持っているラウリが、桜子に問いかけた。瞼を開けた桜子はまだ目が慣れなかったが、ラウリに視線を向ける。

「殿下、瞳も黒いです。それに、我が国にはない服を着ています」

ラウリは頭から足元までロウソクで照らし、鉄格子の向こう側にいるディオンに報告するが、桜子にはぼんやりと人が立っているくらいにしか見えない。

「私は、日本から来ました」

恐怖心はあるが、出した声は思ったよりしっかりしていた。

「ニホン？」

ラウリとニコは顔を見合わせる。

——キィ……。

鉄格子の向こうにいたディオンは、牢屋の中へ足を踏み入れた。

「殿下っ！　殿下がお入りになるような場所ではございません！」

警備隊長と副隊長が泡を食ったように焦る。そんなふたりの言葉に立ち止まることなく、桜子に近づくディオン。

桜子は、周りの者がへつらい、気を使っている一番の権力者である男が近づいてくるのを、身動きもせずに見ていた。

ロウソクの灯りが、ラウリの隣に立つディオンの顔をはっきりさせた。その瞬間、桜子は息を呑む。

（な、なんなの？　この超絶美形の人は？　本当に人間なの？　女性だと間違われそうなくらい、綺麗《きれい》な顔をしている……）

まばたきもせずにディオンを見つめた。

突然、ニコの手によって、ディオンを見る桜子の視界が遮られる。

「殿下。術師かもしれませんので、それ以上お近づきになるのは……」

「術師って、私はただの高校生です！」

桜子は肩の痛みを堪《こら》えながら言いきった。

（ここが異世界だとしても、術師とかはマンガの世界の存在じゃないの？　そもそも、この世界が夢や幻なのかもしれないけど。だって、現実でこんなに美しい人を見たこ

とはないもの)

「コウコウセイとは、なんだ?」

ディオンは知らない言葉に柳眉の片方を上げて、桜子に問う。

「私は日本人です。高校生とは、学生のことで……私、トラックにぶつかって、気がついたらこの世界にいたんです」

桜子はわかってもらおうと、必死に言った。

「ガクセイ? トラック……?」

ディオンは聞いたことのない単語を言う桜子に首を傾《かし》げた。しかし目の前にいる娘の話は、嘘《うそ》ではないように感じる。

(この者の服装は今まで見たことがない。そして、この容姿……)

超絶美形にじっと見られて、桜子はこんな状況なのに、不覚にも胸を高鳴らせてしまう。

背後にいる警備隊長に、ディオンは尋ねる。

「変な棒を持っていたと言っていたな?」

「はい。殿下、こちらがその棒でございます」

警備隊長は、真っ赤な竹刀袋と竹刀をディオンに見せる。

桜子は立ち上がろうとしたが、後ろ手はまだ縛られており、立てない。足を動かしたところでバランスを崩し、石の床の上に倒れる。

「あっ！」

尻もちをつき、痛みに顔が歪《ゆが》む。

「お前！　動くな！」

ラウリは桜子を押さえつけた。

（どう言えば、わかって……もらえるの？）

桜子の状態に、ディオンは縄を解くようニコに命令する。

「しかし、ディオンさま。術師であれば危険です」

今まで黙っていたイアニスが口を開いた。

「そのためにラウリとニコのふたりがいるのだろう？　術師であろうと、女性に負けるふたりではないはずだ」

ディオンはラウリとニコに頷く。

ふたりはぐったりしている桜子を起こし、縄を解いた。ようやく身体は自由になったが、疲れ果てている桜子はひとりで座っていられない。再びグラッと身体が揺れ、

「あ！　竹刀っ！」

倒れそうになったとき、ディオンがそれを支えた。

「ひどく体力が消耗しているようだ」

ディオンは何者かわからない娘に同情を覚える。

「娘、名前は？」

目を閉じた桜子に問いかけた。

「桜……子……」

「サクラコ？　面白い名前だな。イアニス、娘の肩を診《み》るように」

右の肩や腕を怪我しているのだろうと推測する。

イアニスがディオンの横に来て、片膝を立てて腰を下ろす。そして、桜子の右腕を触診していく。

イアニスの手が触れるたびに、桜子は顔をしかめた。

「ディオンさまのお見立ての通りでございます。怪我をしてから数刻経っており、患部が少々腫れております」

「処置を」

ディオンの命令に、その場にいた者たちが驚く。

「この娘は何者かもわかりません。右腕に怪我をしているくらいのほうが――」

イアニスの反対に、ディオンはアメジスト色の瞳で彼を見つめ、首を左右に振った。

「濡れた布で冷やすんだ」

「……わかりました。おい！　濡れた布と固定するための布を用意しろ！」

イアニスは近くの警備兵に指示し、ラウリとニコに支えられて座っている娘に視線を向ける。

「ありがとうございます……制服を……ブレザーを脱がせて……」

桜子は、おそらく捻挫している腕の痛みを和らげてもらえることにホッとした。

「セイフク？　ブレザー？」

イアニスが首を傾げる。

「これ……です」

ダッフルコートは脱がされてしまっていたが、紺色のブレザーの制服は着ている。

しかし患部を冷やすとなれば、ブレザーは邪魔だろうと桜子は考えた。

まるでサウナのような温度で、不快指数は百パーセント。汗をびっしょりかいており、ブレザーを脱ぎたかったのもある。

ニコが桜子のブレザーを脱がす。乱暴に脱がされるかと身構えてしまったが、思いのほか優しい。

ブラウスとスカートだけになった桜子は、少しだけ暑さが和らぎ、吐息を漏らした。

そこでハッとなる。

（もしかして、患部を冷やすってことは、脱……ぐ？）

そこへ、警備兵が命令されたものを持って現れた。

「あ、あの、冷やさなくても平気です！」

本当はすぐに冷やしたほうがいいのだろうが、この状況でブラウスは脱げない。

「お前、殿下のご厚意を！」

ラウリが憤慨し、桜子に詰め寄る。

「ご、ご厚意はありがたく……でもっ、ブラウスは脱げませんっ！」

桜子は胸元を左手で押さえ、必死に首を横に振る。

「その上から布を当てておけ。宮殿へ連れて帰る」

ディオンは見知らぬ国から来た桜子に興味があった。汚れた顔をしているが、凛とした美少女である。華奢で我慢強いこの娘は、退屈な日々を送る自分を楽しませてくれそうだと思った。

「連れ帰るのは、反対でございます」

イアニスは桜子を信用していない。

「娘は怪我をしている。そんな相手にお前たちはやられると？　ニコ、丁重に宮殿へ。患部に気をつけろ」

ディオンの命令に、ニコは右胸に手を当てて頷いた。


桜子は、宮殿の右翼にある三階の一室を与えられた。右翼は宮殿で働く女性たちが住むところである。

桜子には、ラウリの妹・エルマを監視役としてつけられた。二十歳のエルマは、女ながらに幼い頃からラウリやニコと一緒に剣の鍛錬をしており、ふたりに勝つことはできないが、それなりに戦える腕の持ち主だ。普段は女官長としてディオンに仕えている。

部屋の寝台に寝かされた桜子は、エルマにブレザーを脱がされても目を覚まさない。宮殿まで来る間に、緊張の糸がプツッと切れたように眠ってしまっていた。暗闇の中を進む馬の揺れや、疲れすぎたせいだった。

「なんなの、この服は……」

首元まで閉じられた白いブラウスをなんとか脱がすと、胸を覆った白い布にエルマは見入った。この国の女たちはブラジャーなどしない。

「こんなもので胸を潰しているとは」

見ただけで取ることはせず、痣《あざ》になっている右肩の患部に冷たい布を当てる。その冷たさに桜子はビクッと身体を跳ねさせたが、目は開けなかった。

布はすぐに温まってしまい、エルマは夜通し何度も布を取り替えた。


空が白み、太陽が出始めた頃、桜子は目を覚ました。

（私……）

自分がどこにいるのかわからず、右肩に痛みを覚えながら身体を起こす。

次の瞬間、ブラジャーだけの姿の自分にビックリする。濡れた布が肩から落ちたことによって、患部を冷やしてもらっていたのだと悟った。

（ブラジャー姿は恥ずかしいけど、水着を着ていると思えばいい。だけど、脱がせたのは……）

困惑する桜子だが、目の端で動く者に気づいた。

「だ、誰っ⁉」

瞬時にそちらのほうを向く。その途端、痛みに襲われて顔が歪む。

「数日は痛いわよ」

近づいてくる女性を、困惑した顔で見る。彼女は足首まである黄色のサンドレスのような服を着ていた。ブラウン系の髪は耳の横で三つ編みにしている。解いたら、背中まで長さがありそうだ。

「あなたは……？　ここはどこですかっ⁉」

（ここは宮殿なの？　あの人は宮殿へ連れていくって言っていたけど……）

簡素ながらも、牢屋より格段に素晴らしい部屋だったが、想像する宮殿の一室には見えない。

「ここはアシュアン宮殿よ。私は女官長のエルマ」

「アシュアン宮殿？」

（やっぱり宮殿なんだ）

「ええ。殿下の命により、あなたはここに連れてこられたの」

桜子は部屋の中を見るために頭を巡らす。

宮殿と言われたが、桜子が想像していた『宮殿』のイメージとはまったく異なる。この部屋にはなんの飾りもない木のチェストと、三人が座れそうな木のソファだけ。

いや、ソファというには座り心地がいささかよくなさそうに見える。カラフルな赤と緑のクッションが置かれているそこに、今までエルマは座っていた。

（とにかく、あの湿気のひどい牢屋から移動できたのはよかった……）

牢屋で会った超絶美形の顔を思い出す。暗くて、ロウソクの灯りでしかディオンの顔を見ていないが、彼だけは桜子が想像した架空の人物なのではないかと思うほど、あり得ないくらい美しい人だった。

（ここの人たちは、私と同じ人間じゃないのかも……）

異世界トリップが本当のところなんなのかは、よくわかっていない桜子だ。

（でも、腕の痛みは本物……これは夢なんかじゃない）

「食事を持ってくるわ。扉の向こうには衛兵がいるし、ここは三階よ。逃げられないから」

エルマは黙り込んでしまった桜子に言った。

逃げられないと口に出されて、ここに軟禁されているのだと悟る。

（今は逃亡なんて考えられない。まずはこの世界……ここがどんなところなのか、知るしかない）

桜子の返事を待たずに、エルマは部屋を出ていった。

ひとりになった桜子は、窓へ近づこうと寝ていた場所から下りる。窓は開けられており、風は入ってきたが生ぬるいものだ。

（日本は真冬だったのに……。お父さんとお母さん、おじいちゃんもおばあちゃんも、みんな心配しているはず……それとも、私はトラックにぶつかって死んだの？）

転生ものも、小説では人気である。そういったジャンルも好きで読んでいた。

（もしかして……私は別人で、生まれる前の記憶があるだけ？）

ハッとなり、窓の外を見る前に部屋の中へ向きを変えて、鏡を探す。

（この世界に鏡はあるの？）

チェストに近づき、引き出しを開ける。中はなにもなく、辺りを見回しても鏡はなかった。

（ない……）

がっかりして、結んでいた髪へ手を伸ばす。捕まってひどい場所に寝かされていたため、汗をかき、頭はべったりしている。

髪を目の前に引っ張ってみる。いつもの黒髪だ。

「私は、転生したわけじゃない……？」

不安すぎて、思わずひとりごとを口にしてしまう桜子。

とぼとぼと窓に近づいて外を見てみると、高さのある、青と白が混ざったような色の門らしきものが見え、その向こうには低くて茶色い屋根がたくさんあった。その景色に、がっくりと肩を落とす。

そこへ扉が開き、エルマが入ってきた。背後に、エルマと同じような服を着て、盆みたいなものを持っている、桜子と同い年くらいの女の子も続く。

盆を持ったその女の子は、桜子と目が合うとビクッとして俯いた。

「寝台に戻って」

桜子が寝台から出ているのは想定内だ。エルマは無表情で指示をする。

（ここでは、ベッドを寝台と呼ぶんだ）

桜子は黙って寝台へ行った。エルマは小さなテーブルのようなものを持っており、桜子が寝台に投げ出した足の上にそれを設置する。これは病院のベッドで食事をするときと変わらないスタイルだ。

（ここへ連れてきた人は、私を軟禁しているけれど、気を使ってもいるのかな……）

テーブルの上に、エルマは女の子から受け取った盆をのせた。

桜子は盆に並べられている皿に視線を向ける。手を拭くための濡れた布が置かれていた。

平たいパンはフォカッチャみたいで、オリーブオイルのような液体が小さな皿に入っている。赤い色をしたスープには野菜らしきものが見える。それと、丸い桃のような果物があった。日本の桃より赤くて小さい。

(プラム……?)

「食べて」

エルマは、じっと料理を見ている桜子に言った。

「あの、お風呂……身体を洗うことはできますか?」

不快感を覚えたままでは気持ち悪い。

「湯浴みね。いいわ。食べ終わったら連れていくわ」

「ありがとうございます!」

エルマの返事に桜子は嬉しそうな笑顔を浮かべ、頭を下げた。

エルマと女の子は部屋を出ていった。

手を濡れた布で綺麗に拭いてから、オリーブオイルのような液体を指で舐《な》めると、まさに想像と同じ味だ。

平たいパンをちぎって食べてみる。少し硬いが、素朴な味で美味《おい》しい。

かなりお腹が空いていた桜子は、動かすと痛む右肩を気にしないようにして、右手でどんどんスープやパンを口に運ぶ。スープもトマトっぽい酸味が少しあり、まずくはない。

とにかく空腹だった。あっという間に、プラムに似た果物まで残すことなく綺麗に食べられた。食べ終わると元気も出てくる。

（くよくよしても仕方がない。わけのわからない術師の疑いを晴らすのが先決で、後のことはそれが終わってから考えよう）

桜子はポジティブな性格だ。努力家でもある。そうでなければ、剣道で日本代表選手になるのは難しかっただろう。

食事が終わってから少しして、エルマが先ほどの若い女官を従えて入室してきた。女官は桜子と目を合わせないようにして、食べ終わった盆を持って出ていく。

「湯殿へ案内するわ」

「あの、着替えを貸していただきたいのですが」

「用意したわ。ついてきて」

桜子はホッとした。

それから寝台の木枠にかけてあったブラウスを羽織り、ボタンを留めようとして手が止まる。ボタンが全部なかったのだ。引きちぎられたようだった。

（ボタンの外し方がわからなかった……？）

エルマはなにも言わずに歩きだす。ここで文句を言っても仕方ない。

桜子はブラウスの前を押さえながら、部屋を出て廊下を進むエルマの後についていく。彼女の言っていた通り、扉の横には衛兵がふたり立っていた。

廊下の向こう側は、ガラス戸のないアーチ型の窓がいくつもあり、先ほど窓から見たのとは反対側の景色が望めた。この宮殿の敷地で、ここと同じような建物がある。下は緑がある中庭だ。

一階に下りたエルマは、奥へ進んだのち立ち止まる。

「ここが女性専用の湯殿よ。今の時間は忙しくて誰も入っていないわ」

扉を開けて湯殿を案内する。銭湯のように脱衣所があり、その先には石の椅子が並んでいた。そこで身体や髪を洗うのだとエルマが説明する。奥には湯船がある。

「日本と似ているわ」

「ニホン?」

「はい!」

桜子は嬉しくなったが、ひとりの老婆がいることに気づく。

「あの人は……?」

桜子の祖母くらいの年齢の女性だ。

「あなたの身体を洗うのは洗婆《せんばあ》に頼んだわ。貴族の家庭にひとりはいて、身体を洗ってくれるの」

「ひ、ひとりで大丈夫です！」

人に身体を洗ってもらったことなどない桜子は、首を左右に振る。

「裸が恥ずかしいの？　私たちは自分の身体に自信を持っているから平気よ。あなたって変わっているのね」

「変わっては……」

お国柄があるのだろう。人前で服を着ない部族をテレビで見たことがあるのを思い出し、なにも言えなくなった。

「あ。でも、洗婆は目が見えないから恥ずかしがらなくていいわよ。じゃあ、着替えは用意しておくから」

エルマは少しバカにしたような笑みを浮かべて、出ていった。

洗婆とふたりだけになってしまった桜子は、服を脱いだ。洗婆は洗うための椅子の横に立っている。

一糸まとわぬ姿になった桜子は、洗婆に近づく。

「あの、おばあさん。ひとりで洗えるので、ここに座っていてください」

洗婆の手に触れて、椅子に座らせようとした。

「いいえ。あなたさまのお手伝いをするように申しつけられております」

首を左右に振り、洗婆は座ろうとしない。

「あなたさま、だなんて。私はそんな身分じゃないです。どうか休んでいてください」

「……それでは、休ませていただきます」

「はい！　すぐに済みますから」

桜子は洗婆の横にある棚に、クリーム色をした固形石鹸《せっけん》と布を見つけて、痛む右手で布を持ち、左手で固形石鹸を動かした。

固形石鹸の泡立ちはよく、身体と髪を洗う。

(うーっ、動かすと痛い。どのくらいで治るかな……痣の具合から見ると、一週間くらい？)

四角くて大きな浴槽のようなところから、桶《おけ》ですくって身体にかける。お湯ではなく水だ。慣れない水風呂にブルッと身体が震えた。

「お、おばあさん、聞いていいですか？」

「なんでしょうか？」

「ここは、温かいお湯はないのでしょうか？」

暑い国だから水で洗うのが当たり前なのかも、と思いながら聞く。やはり日本人は暑くてもお湯に入りたい。

「ありますよ。向こうにある湯船の中はお湯です」

そう聞いて、にっこりと笑顔になった。

「ありがとうございます！　もう少しだけ待っていてください」

桜子は、青いタイル張りの大浴場のような広い湯船に向かった。

そして温かい湯に浸《つ》かり、洗婆のところへ戻る。

「おばあさん、お待たせしました。行きましょう」

洗婆の手を軽く握ると、脱衣所に向かった。洗婆は黙ったまま、桜子の半歩後ろを歩く。

（目の見えないおばあさんが、人を洗う仕事に就いているなんて、かわいそう……）

洗婆に同情してしまうが、自分もどんな処遇を言い渡されるのかわからない。

（落ち込まないように、考えないようにしなきゃ）

脱衣所に、エルマが着ていたような薄紫色のドレスが置いてあった。布はオーガンジーのように柔らかく、薄い。透けることはなさそうだが。

（これじゃあ、胸の形がはっきり見えてしまう）

困っていると、洗婆が口を開く。

「動きが止まったようですが、どうかされましたか?」

「……おばあさん、長い布はありませんか?」

それを胸に巻けば透けないで済むと、桜子は考えた。

「長い布は、棚を開けた引き出しに入っております。それをどうするのでしょうか?」

この国の女性は恥ずかしがらないと聞いたせいで、胸に巻きたいと言うのは、ためらわれる。

「ちょっと使いたいことが……見てみますね」

観音開きの棚を開けて、引き出しの中を見た。そこには先ほど身体を洗ったときに使った布と似た、白いさらしのようなものがあった。

(これなら使える)

手に取り、布を胸に巻きつける。華奢な割に胸がある桜子は、ずれないように丁寧に巻いた。布の最後を、巻きつけたところに入れ込む。

用意された薄紫色のドレスは、チューブトップのように肩部分がないものだ。それからサンダルのような形のぺったんこの履き物を履いた。

「おばあさん、ありがとうございました。ひとりで戻れますか?」

「ええ。慣れていますから大丈夫ですよ」

洗婆に頭を下げて廊下に出ると、エルマが待っていた。

「イアニスさまが呼んでいるわ」

イアニスの顔を思い浮かべる。怪我をした腕を診てくれようとした男だ。

「一度部屋に戻って、服を置いてきていいですか？」

「いいわ。戻りましょう」

足首まであるドレスでは、袴と違ってエルマのようにサクサクとは歩けない。左右のスカート部分を持ち上げれば歩きやすいのだが。


部屋に戻り、服を置いた桜子は、宮殿の中心部の一階にある広間に連れてこられた。テニスコート一個分の広さがある謁見の間だ。金や銀、宝石などがあしらわれた花瓶や大きなタペストリーが飾られている。

エルマは背筋正しく、桜子の前を歩く。

一番奥に、ひときわ豪華なタペストリーが天井からかけられており、桜子はその美しさに感嘆の声を上げた。ようやくここが宮殿なのだと実感する。なるべくキョロキョロしないように歩いていたが、どんなところであるのか知りたい。

（足元はペルシャ絨毯《じゅうたん》みたい……）

中央にある玉座の右端の椅子にイアニスが座っていた。両脇にはラウリとニコが立っている。ラウリは桜子の竹刀を持っていた。

「イアニスさま。連れてまいりました」

エルマはイアニスに向かって両手を胸の前でクロスし、膝を軽く折った。

（あれが、ここの挨拶……？）

イアニスはエルマに軽く頷いてから、座ったまま桜子に視線を向ける。

（昨日は暗かったからよくわからなかったけど、肌が浅黒い……。整った顔は美術室にある石膏像《せっこうぞう》みたい）

桜子はイアニスを見て、ふとそんなことを思った。

イアニスは謁見の間の扉が開いてから、エルマの後ろを歩いてくる桜子を観察していた。エルマからは、湯浴みをするところまで特に問題なく、普通の娘のようだと報告を受けている。

（しかし、術師であればディオンさまの身が危険）

口元を引きしめて、冷たい視線で桜子を見続ける。

憮然《ぶぜん》とした表情で見られている桜子は居心地が悪く、彼の鋭いブラウンの瞳から目を逸《そ》らしたくなる。

「お前はどのようにして、大柄の男三人を倒した？」

「あの、竹刀という竹で作られた棒でです」

ラウリの持っている竹刀へ視線を向けてから、きっぱりと言葉にした。

「あれは剣ではない。術を使ったとしか思えない」

華奢な桜子が倒せる相手ではないと、まだ事実を信じられないイアニスだ。

「術がどういうものかわからないですけど、竹刀で戦ったんです。私は元いた世界では、あの棒を使う選手でした」

「センシュとは？　まあ、いい。証拠を見せよ。ラウリが相手をする」

イアニスの合図に、ラウリが桜子に向かって動いた。そして竹刀をおもむろに桜子の足元へ投げる。

（この人と戦うの？）

ラウリは身長があり、屈強な体躯の男だ。

（でも私には竹刀がある）

戸惑いながら、桜子は自分のものである竹刀をしゃがんで掴む。竹刀の柄《つか》を持ち、身体を起こしたとき、ラウリが素手で襲いかかってきた。

桜子はラウリの拳を竹刀で防ぐ。彼の力は相当なもので、竹刀がミシッと嫌な音をたてた。怪我をしている右肩に響いて、桜子の顔が歪む。

(これじゃ、竹刀が壊れちゃう！)

考えている暇はなく、ラウリが再びボクサーのように襲いかかる。防ぐのが精いっぱいだ。

そのとき、ラウリが竹刀をがっしり掴み、引っ張った。

「きゃっ！」

試合のときに竹刀を引っ張る者はいない。ふいを突かれて、桜子は床に飛ばされる。

「あぁぁ……っう……」

「どうした？　やはり術を使わねば倒せないのか？」

イアニスは冷たい言葉を投げつけた。

「本当にっ！　竹刀で倒したんです！」

わかってもらいたいのに、それが叶《かな》わない。桜子は自分のほうに放り投げられた竹刀を再び掴んだ。

(竹刀が……)

見れば、ところどころで組み合わさっている竹がささくれ立っていた。

「これでは戦えません！　手入れしないと、使ってはダメなんです。怪我をします！」

また竹刀を掴まれれば、相手の素手が怪我をしてしまう。

「言い訳はけっこう――」

イアニスが口を開いたとき、桜子と彼の間にひとりの老婆が立った。

「イアニス、やめるんだ。お前の目は曇っているようだね。肩を痛めている娘に、なんということを！」

「おばあさま……」

聞き覚えのある声に、桜子は老婆の後ろ姿を不思議そうに見つめる。

「この娘は善良だ。それすらわからないとは！」

老婆は桜子のほうに向き直り、手を差し伸べる。湯浴みのときにいた洗婆だった。

「おばあさん……目が見え――」

「騙《だま》して悪かったね。お前のことを観察させてもらっていたんだよ」

驚きすぎて、ポカンと口を開ける桜子だ。

「お前さんは悪い者ではない。私は人を見る目は確かだよ。孫が失礼したね」

桜子が洗婆だと思っていた老婆は、イアニスの祖母であるカリスタ・カフィだった。

イアニスが頭が上がらない人物である。

「そのようなことを……。いつ、この娘と会ったんですか？　危ないではないですか」

イアニスは深いため息を漏らす。

「お前の目は節穴かと言っているんだよ。肩を痛めているその子は、湯殿で私に身体を洗わせなかった。その間も私を気遣っていたよ。私の目が見えることに気づかなかった鈍感な娘でもあるが」

カリスタは、桜子が溜《た》めた涙をときどき水で流しているところを目にして、同情を覚えていた。

「それにその棒は、娘の言う通り、掴んだら怪我をしてしまうよ。戦いたくないのではなく、相手を思いやっているんだ」

窮地に陥っていた桜子は、カリスタが味方になってくれて、足の力が失われるくらい安堵した。

「ディオンさまには私が報告する。私がこの娘の世話係をしてもいい」

「報告の必要はない」

出入口に姿を見せたのは、ディオンだ。まるでその場にスポットライトを当てたかのように光り輝くディオンに、桜子は、やはり彼だけは別世界の人だと目をしばたたかせる。まばたきをしているうちに消えてしまうのではないかと思うほどだ。

歩いてくるディオンに、一同がお辞儀をしている。桜子はただ茫然《ぼうぜん》として動けなかった。

「エルマ、医師から軟膏をもらってきなさい」

「はい！」

エルマがディオンの脇を通り、小走りで出ていく。ディオンはゆっくりとした足取りで桜子に近づく。

「かわいそうに……今にも倒れそうだ」

実際のところ、桜子は竹刀を床についた状態で立っていた。

「カリスタ、この娘を頼む。ああ……年寄りのそなたが、三階まで足を運ぶのは大変だ。娘を主翼の奥の部屋へ」

主翼の奥の部屋と聞いて、周りの者たちは驚き、その中でもイアニスが真っ先に口を開く。

「ディオンさま、そこは後宮でございます」

「わかっている。そこしか空いていないだろう？ それとも、年老いた祖母に階段を使わせるとでも？」

後宮がなんなのか知らない桜子は、ふたりの会話をキョトンとしながら聞いていた。

「しかし……まだ娘は得体が知れません」

「カリスタの目は確かだ。カリスタ、連れていきなさい」

老婆は胸の前で両手を交差させ、ディオンに礼をしたのち、桜子の左腕を支える。

「行くよ」

「は……い」

事の成り行きはよくわからないが、この老婆と超絶美形の男性に助けられたことだけは理解できた。

この世界へ来てから敵意ばかり向けられていた桜子は、ホッとして歩きだした。


カリスタに案内された部屋は、先ほどまでの部屋の内装とは異なり、薄布があしらわれて座り心地のよさそうな長椅子に、ふかふかの寝台。素敵な部屋に、桜子の開いた口が塞がらない。

「こ、こんなところでなくてもいいんです！」

「いえいえ。お前さんのためではなく、私のためだよ。なにぶん、年老いて階段がつらいのでね」

豪華で美しい部屋に恐れをなす桜子に、カリスタは皺《しわ》のある顔をほころばせる。

「お世話は大丈夫です」

「なにを言うんだい。私はディオンさまからお前さんの世話を頼まれたんだよ」

優しいカリスタに、桜子は涙が出そうだ。

「おばあさんは……私のことを信用してくれるのですか？」

不安げな瞳を向けた桜子の頬を、カリスタはそっと撫《な》でる。

「もちろんだよ。ディオンさまも信じてくださっている。ディオンさまの人を見る目は確かだからね。それよりも、おかけなさい」

寝台の端に桜子を座らせた。そこへ、エルマが瓶に入った軟膏を持って入ってくる。

カリスタに礼をして、桜子の前へ歩を進めた。

「これは打撲や捻挫に効く塗り薬よ」

手のひらにのるくらいの瓶を開けて、エルマが塗ろうとする。

「自分でやります」

「いいえ。殿下の命令は絶対です」

手を差し出した桜子には瓶を渡さず、寝台に座るように言った。

塗り薬は無臭だが、患部に塗られるとスーッとして気持ちがいい。

「疲れているだろう？　横になって少し休みなさい」

カリスタは桜子に寝るように言った。桜子は優しいカリスタに自分の祖母を重ねてしまい、瞳が潤みそうになる。

「……はい。ありがとうございます」

カラフルなクッションがたくさんある、まるでお姫さまのもののような寝台に横になった。


ディオンはイアニスを私室に呼んでいた。

「イアニス。怪我をしている者に、あそこまでする必要はなかっただろう?」

アメジスト色の瞳はいつになく不機嫌そうだ。

「申し訳ありません。ですが、宮殿に住まわすのですから、何者なのか知らなくてはなりません。今は術師だということを隠しているのかもしれません」

「あの者の瞳に邪気はない。着ていた服もまったく見たことがない。シナイという武器も」

竹刀が入っている竹刀袋は今、ここにある。

「遠い国からの間者かもしれません」

「第三皇子の私を殺しに? 私を殺すより、皇帝や第一皇子に近づいたほうがいいだろうに」

ディオンはイアニスの意見を一蹴した。

「カリスタの言葉を忘れたのか？」

湯殿で目が見えないふりをしたカリスタに、桜子は優しく接したと言っていた。

「しかし、祖母に面倒を見させなくとも……。後宮は大事な場所です。将来の妃が住まうところ。あの者は、使用人部屋でいいのでは……？」

イアニスはそれでも食い下がる。

「カリスタがひどく彼女を気に入っている。それは無理だな」

乳母であったカリスタの様子を思い出し、ディオンは小さく微笑んだ。

「あの娘に手出しは無用だ」

まだ桜子に不信感を持っているイアニスだが、仕方なく頷いた。

第二章

人の気配で桜子は目を開け、瞬時、ビクッと身体を跳ねさせて起き上がった。

というのも、寝台の端に腰かけ、桜子を覗《のぞ》き込むようにして、あの麗《うるわ》しい青年がいたからだ。

「そんなに乱暴に起きてはいけない」

超絶美形に無防備な寝顔を見られたことが恥ずかしく、桜子は困惑した。

「肩の痛みは？　カリスタはひどい痣だと言っていたが？」

ディオンの優しい口調は、脳内変換で自分の都合のいいように変えているものではないかと思うと、固まってすぐには返事ができない。

ディオンは形のいい唇を緩ませて、桜子を見つめている。

「あ、あなたは……」

周りの者がかしずいているこの青年が、最高位の者であることはわかる。

「ああ……自己紹介が遅れたな。私はこの国の第三皇子。ディオン・アシュアン・ベルタッジア」

「こ、この国の皇子さまっ!?」

桜子は目を真ん丸くして驚いた。

（皇子さまって、小説やマンガでしか……）

「ディオンと呼んでいい。そなたの名前は？」

「鈴木桜子です」

ディオンの発音が棒読みで、おかしくて小さく微笑む。

「スズキサクラコ？」

（『桜子』は言いづらいかな……）

「サクラと呼んでください」

「サクラ、か。わかった。やはり近隣国でも聞いたことのない名前だ。遠くから来たんだな？」

ディオンは初めて見る艶やかな黒髪を手に取ってみたくなった。大きな黒目が印象的で、唇は紅を塗らなくても赤い実のような色。美形が多いベルタッジアだが、桜子には神秘的な美しさがあると、話をしながら思っていた。

「日本という国から来たんですが……ここの国の名前は習ったことがありませんし、異国へ来て言葉がわかるはずはないんです」

「……だが、サクラは私たちの言葉がわかる。そうだな?」

ディオンの口から『サクラ』とすんなり名前が出て、桜子の心臓がドクンと跳ねた。

自分の名前が特別なものになったように聞こえる。

「私は、自分の国の言葉で話しているんです」

ディオンは少し考えたような顔つきになってから、エルマを呼ぶ。扉のところで控えていた彼女は、すぐにディオンの元へやってきた。

「なんでもいい。本を持ってきてくれ」

「はい。殿下、すぐに」

エルマは膝を折ってお辞儀をしてから、部屋を出ていく。桜子は、自分にはけっこう冷たいエルマが緊張した面持ちでディオンに接するのを見て、背筋がしゃんとする思いになる。

(彼は、気軽に話してはいけない方なんだ……それはそうだよね。この国の皇子さまなんだもの)

背筋を伸ばした桜子に、ディオンは柔らかい表情になる。

「サクラ、楽にしていろ」

「ディオンさま……私はあなたのような立場の方と接したことがなくて……失礼が

あったら、すぐに言ってください」

　この世界へ来てから大変な目に遭ったが、ディオンのおかげで今は住むところがある。彼がいなければ、もっとひどいことになっていたかもしれない。

「か弱そうな娘が男を三人も倒したから、誤解を生んだんだ。安心していい。ここにはそなたを傷つける者はいない」

「あ、あの、竹刀は返してもらえるのですか？」

「ああ。今は私が預かっている」

かしこまったままの桜子の眉間に、ディオンは指を伸ばした。

「皺を寄せないでいい。綺麗な顔が台無しになる」

　突然の行為で、桜子の目が大きくなる。いまだかつて、異性にそんなふうに触れられたことがない。驚く桜子にディオンが小さく首を傾げたとき、扉が叩かれた。

「入れ」

　ディオンの合図に、本を抱えたエルマが入ってきた。そしてディオンに一冊をうやうやしく渡す。

「サクラ、読めるか？」

　ディオンは本を桜子に見せる。藍色の表紙に金文字が書かれた、美しい本だった。

しかし、流麗に繋がる文字に、桜子は首を左右に振る。

「読めません……」

「そうか……不思議なこともあるんだな。しかし、話す言葉がわかるのは幸いだ。ここにいる間は暇だろう。文字はカリスタに教わればいい」

「はい。ありがとうございます」

やることがあるのはいいことだ、と笑みを浮かべた。なにもしないでいたら不安で、情緒不安定になりそうだ。

「ディオンさま。私にできることがあれば言ってください」

いわば桜子は居候《いそうろう》の身。お手伝いができればと口にした。そうすると、ディオンの美しい顔がしかめられる。

「サクラ、そのようなことは考えなくていい。私はそなたが気に入った。気兼ねなくここに滞在しろ。なんといっても、私の乳母であったカリスタがそなたの味方なんだ」

「おばあさんが、ディオンさまの乳母……」

「ああ。この宮殿ではカリスタに逆らえる者は誰もいない」

そう言って、ディオンは茶目っ気たっぷりに微笑んだ。

『ゆっくり休養を』と告げてディオンが去ってしまうと、眠くない桜子はもう一度寝ることもできず、窓辺に近づく。

風通しをよくするために窓は開いている。そこから規則正しく並んでいる南国のような木々が見える。

（遠くに来ちゃったんだな……）

ダッフルコートを着用していた冬の日本から、じっとしていても汗が出てくる暑い国へ。

空が薄暗くなってきている。それは夕方だからではなく、向こうの空に黒い雲が広がっていた。

「あそこで雨が降っているのかな」

ひとりごちたとき、カリスタが入ってきた。

「起きていたんだね」

彼女は窓辺に立っている桜子に近づく。

「雷雨がもうすぐやってくるから、窓を閉めに来たんだよ」

「ら、雷雨ですか……？」

桜子が一番嫌いなのは雷だった。あの音が怖い。

「ああ。雷雨を知らない？」

「いいえ。ピカッと光って、すごい音が鳴る雷ですよね？」

「そうだよ。お前さんの国にもあるんだね。じゃあ、夕食はエルマに頼んであるから」

カリスタは忙しそうに行ってしまい、桜子は雷が怖いと言いそびれてしまった。

扉が閉まり、窓から離れた寝台に座る。

（どうか、こちらに雷雲が来ませんように）

心の中で祈ったとき、エルマが食事を運んできた。正確には、エルマの後ろの女官が盆を持っている。

「ありがとうございます」

テーブルの上に盆が置かれ、エルマと女官が出ていった。

チキンレッグのような肉の塊と、丸いパン、クリーム系の野菜が入ったスープ、ゼリーのようなデザート。葡萄色《ぶどういろ》をした飲み物もある。ここの食材はどれも桜子の想像がつくもので、ホッとする。チキンといっても鶏なのか鳩《はと》なのかは、聞いてみなければわからないが。

料理が置かれたテーブルは窓の近くにある。カーテンはなく、空を見てみると黒い雲はかなり近くになって、雷の音も聞こえてきていた。

（テーブル、動かせないかな……）

しかし勝手に移動することもできずに、諦めて椅子に座る。

「早く食べよう。いただきます！」

急いで料理を口にした。葡萄色をした飲み物が気になり、においを嗅ぐ。

「これって、お酒みたい。未成年なのに……」

そう言ってから、ここの法律は違うのかもと思い直す。

そのとき、窓の外がピカッと光ったのち、すぐに地響きがするような猛烈な爆音の雷が鳴った。

「きゃーっ！」

肩をすくめてテーブルを離れ、寝台へ走った。薄い布の上掛けを頭からかぶる。

「もー嫌っ！」

激しい雷雨が一刻も早く去ることを祈る桜子。日本よりものすごい雷だ。耳を塞ぐが地響きもあり、雷が鳴るたびに肩を跳ねさせていた。

桜子をおびえさせた雷雨が去ったのは、それからかなり経ってから。もう鳴っていないと確信してから残りの食事を済ませて、精神的に疲れて眠りについた。

翌日から桜子は、昼食後の一時間、カリスタに文字を教えてもらうのが日課になった。やることもないし、元の世界へ帰れない場合、ここで生活していくには必要なことだと考えたからだ。

しかし、まだ家族の元へ戻る望みも捨てていない。いつか最初に目覚めた場所へ行って、帰れないか試してみたいと思っている。

今の生活は悪くはない。食事は贅沢《ぜいたく》に一日三食。カリスタとの一時間の文字の勉強は半分遊び感覚で、昼寝も自由。宮殿内なら散歩もしていいと言われている。

そしてなによりも、毎日頻繁に聴こえてくる美しい音色が、家を恋しく思う桜子の心を癒《いや》してくれるようだった。

一週間経ったある日。カリスタと文字の勉強をしていた桜子は、ペンを持つ手を止めた。いつもの曲が聴こえてきたからだ。

「カリスタ、この音楽は誰が弾いているんですか?」

『カリスタ』と呼び捨てにするようにと、桜子は本人から言われていた。

「ディオンさまだよ」

「えっ? ディオンさまが……?」

驚いた。なぜなら彼女の想像では、宮殿の主にそんな時間の余裕はないものと考えていたからだ。

「ディオンさまは芸術的な才能がおありで、小さい頃から絵画や音楽の勉強をされていたからね」

あの美しい姿で、曲を奏でるところを想像してしまった桜子は、うっとりしそうになる。

今の桜子にとって、ディオンは手の届かないアイドルのような憧れの存在だ。あれから一度も会っていない。

「さて、今日は宮殿内を案内しようか」

「いいのですか？」

「もちろんだよ。サクラはほとんど外に出ていない。そんなことでは健康を損なうよ」

桜子が部屋を出るのは、湯殿へ行くときくらいだった。本当は身体を動かしたくてうずうずしていた。

カリスタの案内で、後宮から渡り廊下を歩き、庭へ出た。そこでラウリとニコが剣の鍛錬をしている。

「あの人たち……」

「殿下の護衛のラウリとニコだよ。サクラはいい印象を持っていないかもしれないが、あれは仕方がなかった」

「はい。それよりも、すごい鍛錬ですね。当たったら怪我をしそう……」

ラウリとニコは剣の合わさる音を辺りに響かせ、俊敏に動いている。

ふたりを見て、剣道女子としての闘争心が湧いてくる。

「サクラ？　行くよ」

「あ、はいっ！」

歩きだしたカリスタの後を追う。

渡り廊下から少し行った先がディオンの談話室で、いつも楽器を奏でている部屋だと教えてもらう。

（近かったから聴こえたのね）

ちょうどそこへ、カリスタが教えてくれた談話室から、心地いい音色が聴こえてきた。ふいに立ち止まったカリスタは、顔をしかめてから、その先にいる女官三人に近づく。

「お前たち！　いつもサボりおって！　お前たちのためにディオンさまは弾いているんじゃないよ」

女官たちは、ディオンの奏でる音楽に聴き入っていたのだ。

「カリスタさま！　申し訳ありませんっ！」

彼女たちはカリスタに頭を下げて、急ぎ足でその場から立ち去った。

「まったく。あの子たちときたら、用もないのにディオンさまの近くに行こうとするんだから」

カリスタはぶつぶつ文句を言いながら、桜子の元へ戻ってくる。

（ディオンさまは女官たちに人気があるんだ。無理もないか、あの美しさだし……）

そこへ――。

「カリスタはいつも私の客を追いはらう」

いつの間にか音が消え、五メートルほど先にある部屋の窓辺に、ディオンの姿があった。

「ディオンさま、あの子たちは仕事をしなくてはならないのですよ。そういつも甘やかして……」

カリスタは首を左右に振りつつ、呆《あき》れたような声を出した。ディオンは楽しそうに口角を上げてから、アメジスト色の瞳で桜子を認める。

「私が音楽を奏でるのは、女の子たちのためだ。ああ、サクラもいたのか。肩はどうだ?」

桜子はディオンの言葉に心の中でギョッとしつつ、笑みを浮かべた。

(女の子のためって……もしかして、ディオンさまは女ったらし……?)

「もう動かしても痛くなくなりました。ありがとうございます」

丁寧に口にしたつもりだったが、そっけなく聞こえたディオンは首を少し傾げる。

「サクラ、少し聴いていけ」

「えっ……」

突然の誘いに桜子は戸惑い、カリスタを見た。

「それはいいね。サクラ、せっかくディオンさまがそうおっしゃっている。ここで聴いていきなさい。案内は明日にでもしよう」

カリスタは皺のある顔を緩ませて去っていく。

「えっ。あ、あの……」

ひとり残されてしまった桜子は、その場に突っ立ったまま困る。

「そこの長椅子へ」

ディオンのいる窓からまっすぐ五歩ほど進んだところに、木材で造られた長椅子があった。大きな木の下で日陰が作られている。桜子は言われた通りそこへ行き、腰を下ろした。

「飽きたら、いつでも聴くのをやめていいからな」

ディオンは桜子に言ってから窓の縁に座り、琵琶のような楽器を抱えて弾き始めた。

（飽きたらって言われても、勝手に退席するなんて、そんなこと……無理……）

相手はこの宮殿の主なのだ。弾いている姿は神々《こうごう》しささえ覚える。

美しい音色だが、じっと聴いていると眠気に襲われる。あくびを噛《か》み殺しながら、目を閉じないように頑張る桜子だ。ディオンは楽器ではなく、遠い目でどこかを見て弾いている。

（私がいてもいなくても、全然関係ないんだろうな）

女の子のために弾いていると言うディオンだが、本当のところは違うような気がしてくる。

そんなことを考えていた桜子の瞼が眠気に耐えられなくなり、そっと閉じられた。

桜子はふわっと浮いた感覚に、パチッと目を開ける。ディオンの整った顔が目の前に飛び込んできて、あわあわと慌てる。ちょうど抱き上げられたところだった。

「も、申し訳ありません！　寝てしまいました！　下ろしてくださいっ」

一気に頭がクリアになり、お姫さま抱っこをしているディオンから離れようと、身じろぐ。

「黙っていろ。弾いている最中、眠られたのは初めてだ。聴き飽きたらやめろと言ったが」

ムスッとしたようなディオンの表情に、一刻も早く下りたい桜子だ。

（お、怒っているみたい……）

なにか言って、さらに怒らせたくはない。ディオンの黄金のような髪を見つめ、早く部屋に着くように願う。幸い、渡り廊下を進んですぐのところが、桜子が住まわせてもらっている部屋だ。

早く着いてほしい桜子の気持ちとは裏腹に、ディオンの足取りはゆっくりに感じる。

「あ、あの……」

「なんだ？」

「重いですか……？」

大変なので下ろしてください、と言おうとしたのに、桜子の口から出たのは『重いですか……？』だった。

ディオンのアメジスト色の瞳が、黒い瞳を捉える。

「あ、ち、違うんです。大変なのでっ……」

ディオンの腕の中で頭を左右に振る桜子に、彼は小さく笑う。

「重いな。私は楽器より重いものを持ったことがない」

桜子はその言葉に慌てふためく。

「ひえ……お、下ろしてくださいっ。腕になにかあったら困ります！」

「困ったな。下ろしたくないんだ」

（えっ……？）

ディオンの腕の中で身を硬くした。

「い、意味がわかりません。早く下ろしてください」

「黙っているんだ」

やんわりと言われ、押し黙るしかなかった。そこで桜子の部屋に到着する。ちょうどやってきたエルマが急いで扉を開ける。

「殿下！」

ディオンが女性を抱き上げているところを初めて見たエルマは、目を丸くして慌てた様子だ。それから、彼女のブラウンの瞳がギロリと桜子を見る。エルマは明らかに憤慨している。

問いつめるようなエルマの視線から、桜子は思わず目を逸らす。そのまま寝台の端にそっと下ろされた。

「あ、ありがとうございます」

ディオンを前にすると緊張して、どもってしまう。

「サクラ、気を楽に。エルマ、お茶を」

「彼女の分だけでしょうか？」

「そうだ」

丁寧な口調だが、桜子にはディオンの言葉に少し苛立ちが交ざっているように聞こえた。しかし気のせいだと思い直す。

「かしこまりました」

エルマは胸の前で腕をクロスさせ、膝を軽く折り、部屋を出ていった。

「外が暗くなってきた」

桜子は窓のほうへ視線を向ける。

「そういえば……暗く……」

（また雷雨がやってくるの？）

桜子の顔がしかめられたが、ふいにディオンが顔を寄せてきて、ビックリした。

「もしかして、雷が怖いのか？」

怖いと素直に言えばいいのに、ディオンの前では強がりたくて、桜子は首をプルプルと横に振る。

「では、ゆっくり休め」

ディオンはゆったりとした所作で立ち上がる。

「あの、さっきは申し訳ありませんでした。素敵な曲でしたが、私、音楽を聴くと眠くなるんです」

「いいんだ。私も眠くなる」

薄い唇を微笑ませて去っていった。

肩に力が入っていた桜子は、「はあ～」と虚脱する。

立ち上がり、窓に近づく。ディオンの言った通り、外は暗くなってきていた。遠くから光と雷鳴が小さく聞こえてくる。

（また雷か……）

ここへ来てから、三日に一度はある雷雨。しかも今まで経験したことのないほどの激しさ。

（落ちたことはないんだし、大丈夫。いい加減に慣れないと）

窓から離れて、寝台の端に腰を下ろした。

少しして、エルマが女官を従えて部屋に戻ってきた。テーブルの上にお茶のセットが並べられる。

「ありがとうございます」

桜子はふたりへお礼を口にした。


——ゴロゴロゴロ……。

お茶を飲んでから少しして、地鳴りがするような雷に桜子は肩を跳ねさせた。その瞬時、ドドーン！と足元が揺れるくらいの最大級の雷が。

「きゃーっ‼」

耳を塞いで、窓から一番遠い寝台の奥へ移動し、膝を抱える。

(今日はいつにも増して激しい……どこかに落ちていたりして……)

早く去ってほしいと、怖さに暴れる心臓を落ち着かせようと呼吸を整える。

「やはり雷が怖いのか」

ディオンの声がして驚く。寝台の柱から垂れる美しい薄布がめくられ、彼が顔を覗かせた。

「……ディオンさ……ま」

どうしてここにいるのか、ポカンと呆気に取られていると——。

——バリバリバリ!

天が雷によって裂かれるような猛烈な音に、桜子は再び叫び声を上げる。

「きゃーっ!」

その場から動けない桜子は、さらに小さく身を縮こませる。そこへ、隣にディオンが座った。そして桜子の頭を自分のほうへ引き寄せ、抱きしめる。

それから、気持ちを落ち着かせようと髪を撫でる。結んでいたゴムが外され、黒髪がサラリと肩に落ちてきた。しかし雷が怖い桜子はゴムが外されたことに気づかない。

——バリッ! ドドーン!

まるで頭のすぐ上から聞こえるような雷に、身をすくませた。ディオンには怖がっていることを悟られないようにしているつもりだったが。

「まったく……そなたは……弱いところを見せてもいいんだ」

「ディオンさま……」

優しいアメジスト色の瞳は、いつもより温かみがある。

「雷が鳴るたびに、サクラの叫び声が聞こえていた。そのうち慣れるだろうと思っていたら、もっと怖がって……」

——ドドドーン‼

また激しい雷鳴だ。でもディオンが隣にいてくれるせいか、桜子は叫ばずに済んだ。守られている……そんなふうに思えてくるのは自分のおごりなのだろうか、と困惑しながら考えてしまう。

「ひとりで頑張ることはないんだ」

「……ありがとうございます」

(楽器ばかり弾き、女ったらしの見本のような人だけど……鋭さがある)

なにかディオンには違和感を覚えずにはいられない。

(女官たちにも甘い言葉を口にしているけど……なんだろう……)

今の桜子には、それがなんなのかわからない。まだ数回しか会っていないし、ここは異世界。違う世界の皇子のことなど、なにひとつ知らない。

しかし、今は抱きしめてくれているディオンに感謝しかない。普通ならばディオンは皇子さまだ。絶対に出会うことなどできない人。

「雷は、サクラの国にはないのか?」

「いいえ。こんなに頻繁にではないですが、ありました。雷は苦手なんです」

話しているうちに雷の間隔が空いてきた。

「これからは女官をつけよう」

「いいえ！　それはいいです。忙しいのに、煩わせられません」

居候の身だ。誰にも迷惑をかけたくない。

「また、そんなことを言う……私はサクラにここで不自由なく暮らしてほしい」

ディオンの本心だ。まだイアニスやラウリ、ニコらは桜子を信じられず、遠巻きに監視しているが、ディオンにはなぜか、桜子のまっすぐな眼差《まなざ》しや所作、言葉の節々に素直さと真面目さがうかがえるのだ。

話をしていても、ディオンの手は桜子の髪を撫でている。雷が遠のいた今、桜子はそれが気になり始めた。

「……雷が遠くに行ったみたいです。ディオンさま、ありがとうございました」

髪を撫でる手が止まるようにと、小さく身体を動かす。

「綺麗な髪だな。神秘的な黒髪を、こんなふうに垂らしているのは初めて見た」

そう言われてハッとなる。髪を結んでいたゴムが外されていたことに気づいた。

「い、いつの間に外れちゃったんだろう……」

ディオンが外したとは思っていなかった。彼は、手に持っていた赤いゴムを桜子に渡す。

「この素材も面白い」

「これはゴムと、いい……ます……」

（しっかり留めていたゴムが外れる？）

桜子は困惑していた。

「どうした？　顔をしかめている」

「ゴムが勝手に外れることは今までなかったので……それほど雷で取り乱していたんだなって……すみません」

そんな桜子に、ディオンはフッと微笑む。

「私が外したんだ。サクラは取り乱していたんじゃなく、怖さで気づかなかっただけだ。美しい髪に触れたかった」

甘い言葉を言うディオンに、桜子は引きつった顔になり、寝台から下りようとした。

しかしディオンに腰を抱きかかえられるように腕を回されて、動けない。

（ええっ？）

「まだいいじゃないか。サクラの話は楽しい」

「で、でも……」

　ディオンに戸惑いの瞳を向けた。そんな彼女にディオンは口元を緩ませる。まるで桜子がディオンの手から逃れたいと思っているのを、わかっているような笑みだ。

「サクラは結ばずに、そのままのほうが似合う。艶やかで美しい髪だ」

「こ、こちらのみなさんのほうが綺麗な髪の色です」

（わ、私、口説かれているんじゃないよね？）

　まだディオンの手は桜子の髪に触れている。

「日本人はみんな私のような髪と瞳なんです。あ、髪の色はカラーリングでいろいろ変えられますし、コンタクトレンズでディオンさまのようなアメジスト色に近い瞳になったりもできます」

「カラーリングに、コンタクトレンズ？　それで色が変えられるのか？　実に興味深いな。サクラも？」

　ディオンは桜子の説明に興味津々《きょうみしんしん》だ。桜子は首を左右に振る。

「私は高校生で、学校も校則が厳しく、竹刀で戦う競技……剣道っていうんですが、毎日それればかりで」

「わからない言葉がたくさん出てくるな。サクラの住んでいた世界は、すごいところだったようだ。サクラの年はいくつ？　キョーギとはなんだ？」

ディオンは感心したような顔になり、まだ興味が尽きない。

「十八歳です。競技はいろいろあって、私がやっていたのが剣道といいます。竹刀と、打撃を受けても痛くないように防具を身につけて、相手と一対一で戦うんです。あ、戦うといっても、面、胴、小手と、先に二本取ったほうが勝ちです」

桜子は身振りも入れて説明する。

「それは男も交ざって？」

男を三人倒した桜子の強さが知りたいディオンだ。

「いいえ。女子と男子で試合は別です。私が通っていた高校は女子だけの学校で、大学も女子大に通う予定でした」

「学校がいくつもあるのか」

桜子は中学から女子校に通っており、男子と付き合ったことはない。男性に免疫がないと言っても過言ではない。

それなのに、超絶美形の皇子がそばにいる世界へ来てしまい、どう対応したらいいのかわからない。信じられないほど上の立場である男性から容姿を褒められ、髪に触れられているのだ。

雷のときは恐怖でドキドキしていたが、今はディオンを意識して胸が高鳴っている。

気にしないようにしようとしても、ディオンのようなカリスマ性がある超絶美形が相手では無理がある。

そのとき、扉が叩かれてエルマが入ってきた。

寝台の上にディオンがいるのを目にして、エルマの目が大きく見開く。後ろにいた女官も驚いて、持っていた盆を落としそうになった。

「で、殿下っ！　いったい……」

エルマは絶句してしまった。そんな彼女にディオンは笑みを浮かべ、スッと寝台から下りる。

「夕食か。サクラ、近いうちに一緒に食べよう。エルマ、サクラの世話を頼むぞ」

ゆったりとした足取りで、部屋を出ていった。

残された桜子はなにを言えばいいのか、それともなにも言わないほうがいいのか困った。そんなことを考えながら床に足をつけた桜子に、エルマが口を開く。

「殿下を誘惑したのね⁉」

「ええっ？　ゆ、誘惑なんてしていません！」

慌てて否定したが、エルマは明らかに納得していない様子。口元をギュッと引き結び、部屋を出ていった。

盆を持っていた女官は急いでテーブルの上にそれを置くと、エルマを追うようにそそくさと去っていく。

「はあ……誤解なのに……」

桜子は小さくため息を漏らし、椅子に座った。


翌朝もエルマの機嫌は直っておらず、桜子とひとことも口をきかない。女官もさっさと料理を用意して出ていく。

扉が閉まるのを見て、桜子は肩を落とした。

(エルマがあんなに怒っているのは、ディオンさまのことが好きだから?)

そんなふうに思えてくる。

(無理もないか。ディオンさまには、ここで働いている女性たち全員が惹かれているに違いない)


朝食を終えて、桜子は湯殿へ向かう。後宮にも湯殿はあるが、それは妃が使う高貴な場所で、今は使われていない。桜子が使用するのは女官たちの湯殿だ。

この時間は女官たちも宮殿の仕事に追われていて、誰もいない。女官たちの中には、珍しい桜子の容姿に好奇の目を向ける者もいて、身体や髪を洗っているときに見られるのが苦手で、最近ではこの時間に落ち着いた。

いつまでもここで、のほほんと生活していてはいけない気がしてきており、内心焦っている。

（帰る方法なんて、まったくわからないのに……）

家族のことを考えてしまい、しばらく涙が止まらなくなる桜子だった。

湯浴みの後、鮮やかなオレンジ色の服を身につけ、髪の毛は結ばず肩に垂らしたままにした。

（ディオンさまが言ったからじゃないわ。結ぶのが面倒なの）

心の中で言い訳をして、湯殿から後宮へ戻る途中、カリスタに会う。

「サクラ！　ここにいたのかい」

「湯殿に行っていたんです。もしかして、探しましたか？」

「湯殿へ行ったのはわかっていたよ。いつもより時間がかかったんじゃないかい？」

カリスタのブラウンの瞳が、桜子の顔をじっと見る。泣いたせいで目が赤いのかもしれないと思った桜子は、にっこり笑った。

「気持ちがよくて、ちょっとボーッとしてしまったんです。なにか私に用事でも？あ、お手伝いがありますか？」

「サクラに手伝ってもらうことはないよ。甘くてみずみずしい果物が手に入ったから、サクラに食べさせたくてね。部屋に置いてあるよ」

カリスタは本当の祖母のようだと、胸が熱くなる。

「ありがとうございます」

「いいんだよ。少しでも寂しさが紛れるといいね」

桜子の身体に腕を回し、カリスタは彼女を抱きしめて背をポンポンと叩く。その抱擁に、桜子は救われる思いだ。カリスタのおかげで、この世界でもひどく落ち込むことはない。

そこへイアニスがやってきた。グレーの長衣を着て、背が高い彼は、ふたりを見下ろして顔をしかめている。

「おばあさま。孫の私でさえ、そんなふうに抱きしめたことがないのに」

「お前は男だからね。男は強くなくてはならない。甘やかすのはよくないんだよ」

イアニスの表情は硬い。まだ桜子を信用していないせいだ。

「とにかく、このような廊下でその娘を甘やかすのはよくないです。女官たちの目に入りますよ」

女官たちにとって、カリスタはこの宮殿の使用人の中で一番の有力者だ。ディオンに次ぐ存在と言っても過言ではない。

「ふん！　私のお気に入りになりたかったら、しっかり働くことだよ」

桜子はふたりの会話を黙って聞いていた。イアニスの自分への不信感は、まだ拭い去られていないのがわかっているからだ。

カリスタと話をしていたイアニスが突如、桜子に視線を向ける。

「なぜあなたはディオンさまやおばあさまに気に入られているのでしょうね。私にはわかりません」

思いっきりため息をつきそうなほどの厳しい表情だ。

「イアニス、さっさとお行き」

カリスタは深く息を吐き、イアニスを追いはらう手つきをする。彼はそんな祖母に頭を下げて去っていった。

「サクラ、すまないね。疑い深くないと、ディオンさまの右腕ではいられないからね」

「いいえ。仕方ないです。気にしないでください。こうしてカリスタが優しくしてくださいますから、感謝しています」

「喉が渇いただろう？　早く部屋へ行って果物を食べなさい」

桜子はカリスタと別れて歩きだした。


やることがない毎日。桜子はエルマや女官に迷惑をかけないように心がけていた。今日は料理場まで食事を取りに行きたいとエルマに伝えたが、余計に世話がかかるので部屋で待っていてほしいと言われてしまった。まだエルマとの関係はぎこちない。

勉強用にカリスタが簡単なベルタッジア語の絵本を五冊持ってきてくれて、桜子はほとんどの時間を読書にあてていた。

でも、じっとしているのは性に合わない。ときどきひとりで部屋の近くを散歩していた。

そして今日も、ディオンが奏でる曲が勉強中の桜子の耳に届く。

（いつも弾いているけれど、皇子さまって暇なの……？）

「――ラ、サクラ？」

そんな考え事をしている桜子の耳に、カリスタの声が聞こえ、ハッとなる。

「は、はい！」

今は勉強中だった。

「ぼんやりして、どうしたんだい？」

「え……っと、カリスタ。ディオンさまは一日の大半、楽器を弾いているようなんですけど、皇子さまってお仕事がないのですか？」

桜子がここへ来て二週間。ようやく疑問を口にした。

「ディオンさまは音楽の才能がおありでね。政務は私の孫の担当さ」

音楽の才能があるからといって、そればかりなのは違和感がある。桜子はさらに疑問に思ったが、口には出さなかった。


勉強の後、ずっと部屋にいるのも退屈で庭に出てみた。好奇の目で見られたくない桜子は、頭から黄色の薄布をかけている。それは日よけにもなった。

日中は暑いが、乾燥地帯なのか空気はサラッとしており、気分がいい。今はディオンの奏でる音楽は聴こえなかった。

「さてと、どこへ行こうかな……」

桜子の散歩道は狭い範囲だ。ちょっとした冒険心が湧き起こり、いつもは行かない主塔の右手に向かった。

「広くて迷子になりそう……」

ひとりごちて、来た道を振り返ってみる。整備された道だ。両脇には植え込みがあり、ところどころに低い建物も建っている。

「宮殿の敷地で、迷子になんかならないよね」

力強く頷いて先を進んだ。その奥には、最初に桜子が寝かされた四階建ての建物がある。そこは宮殿で働く女官たちの住まい。その横にも同じような建物があり、衛兵たちの宿舎だ。低い屋根で面積のある鍛錬所も見えた。そこから元気のあるかけ声や、賑《にぎ》やかな笑い声が桜子の耳に聞こえてくる。

(楽しそう……)

剣道部の部員たちと、和気あいあいと楽しく過ごしていたことを思い出して急に悲しくなり、シクシクと痛みだした胸を押さえる。

そこへ——。

「お前、ここでなにをしている⁉」

背後から野太い男の声がして、ビクッと肩を跳ねさせて振り返る。その拍子に、頭にかけていた薄布がハラリと地面に落ちた。

「黒髪の女！」

宮殿の衛兵だった。彼は桜子に驚きの声を上げる。その声に、鍛錬所に入ろうとしていた衛兵らが駆け寄ってきた。

「お前、なにを見ていた⁉ 怪しいぞ！」

衛兵たちは、黒髪の娘が男を三人倒したことを耳にしていた。

「なにを見ていたって、楽しそうだなと……」

警戒している彼らに敵意はないことを知ってもらいたくて、小さく微笑む。

「鍛錬が楽しそう？ いい加減なことを言うな」

この宮殿とディオンを守るために、衛兵たちは日々鍛錬を積んでいる。

「あの、見学させてもらってはダメですか？」

桜子は彼らの態度に臆することなく聞いてみた。剣道少女の血がにわかに騒ぎ始めていた。この国の鍛錬がどういったものなのか、見てみたくなったのだ。

「おかしな女だな。おい！ 俺たちで、男を三人倒した腕前を見てみないか？」

ひとりの男が言いだし、そこにいた衛兵たちも口々に賛成する。

「お前！ 術師なのか俺たちが確かめてやる！ こっちへ来い！」

桜子は男に引っ張られるようにして鍛錬所へ連れていかれる。

（なんか、まずいことになっちゃったかも……）

衛兵は毎日鍛えているので、桜子を襲った三人の男たちのようにはいかないだろう。

竹刀もない。しかも、動きづらい足首までの衣装を着ている桜子だ。困惑していると、剣が桜子の足元に放られた。衛兵はその土の上の剣を拾うように言う。

「その剣は刃がないから、切れることはない。まあ、打ちどころが悪ければ死ぬかもしれないがな」

桜子は剣を拾った。

（刃がないのなら、それほど危なくない……？）

彼らの実力を見てみたかった桜子だが、すぐに戦う羽目になるとは思ってもみなかった。

剣は竹刀より重く、短い。しかし桜子は普段、竹刀に重りをつけて素振りをしていた。剣を両手で持ち、振ってみて大丈夫そうだと確信する。

「見てみろよ。両手で持って、あの振り。隙だらけだな」

見物している衛兵たちは、バカにしたように笑う。

「すみません。防具はないですか？」

「ふん！　刃のない剣に防具など必要ない！　さあ、かかってこい！」

大柄な衛兵は剣を構える。

（頭を狙ったら、刃がない剣でも大怪我は免れない。そうなると……腹部、胴を狙うしかない）

桜子は鋭く見つめてくる衛兵に向かって、剣を構えた。衛兵を見つめ返す桜子の視線も鋭く、両手で柄を持って身体の前で構える彼女に、周りの者たちはざわめく。

「なんなんだ？　あの構えは」

「隙だらけじゃないのか？　おーい、グレッグ。先に攻撃しろよ」

周りの野次馬がはやし立てた。グレッグと呼ばれた大柄な衛兵は、周りの声にその気になり、桜子に向かう。

頭上に振り上げられる剣。桜子は両手で持った自分の剣で、グレッグの剣を防ぎ、はじき返した。そして相手がひるんだ次の瞬間、脇腹めがけて剣を振りきった。剣道での『胴』だ。

あばら骨には当たらないように、腰骨との間に打ち込む。とはいっても、服を着ているせいで、思った場所に剣を打ち込めたのかは定かではない。

「ううっ！」

グレッグは痛みに呻き声を上げげた。

「お、おい。大丈夫か⁉」

見物人が、地面に膝をついて身体を丸めているグレッグに近づく。

(思ったより打撃力があるみたい……)

「次は俺だ!」

まだ痛みで立ち上がれないグレッグの横で、別の衛兵が、彼が落とした剣を手にして桜子に挑む。

桜子は再び剣を構えた。身軽な動きの衛兵は、すぐ切りつけるように剣を振り、かわす桜子に執拗《しつよう》に襲いかかる。

この衛兵は、グレッグのように一撃で倒すことができない。しかし動きがわかりやすく、桜子は剣を防ぎながら機会を狙っていた。


その頃、娯楽室でイアニスと共にいたディオンの元へ、ニコが血相を変えてやってきた。

「殿下!」

「どうした? ニコ。なにを慌てている?」

「ただ今、衛兵からの連絡があり、あの娘が鍛錬所で——」

「サクラがどうしたんだ⁉」

ニコの言葉を途中で遮ったディオンは、長椅子から立ち上がる。

「衛兵たちの悪ふざけで、戦いを挑まれたそうです」

「なんだって⁉」

ディオンは桜子を心配し、鍛錬所へ走る。イアニスとニコも一緒だ。

（サクラ、無事でいてくれ！）

衛兵が悪ふざけをしているとはいえ、猛者《もさ》たちである。桜子に怪我をさせているのではないかと焦るディオンだ。

鍛錬所が見えてきた。いつも気合いの声が聞こえてくる鍛錬所だが、今は不気味な静けさだ。

（まさか！）

ディオンの脳裏に、地面に倒れている桜子がよぎる。

「サクラ‼」

焦りの表情を見せるディオンが鍛錬所の出入口に立った。イアニスもニコも彼の横に立つ。鍛錬を滅多にしないイアニスは、駆けてきたせいで荒い息を吐いている。

三人の目に映ったのは、鍛錬所の中央でディオンの姿に驚く桜子と、彼女の前で倒れている者や、痛みに顔を歪めている者たちだった。

「ディオンさま……」

こんなところを見られて、桜子は驚きの顔から気まずい表情に変わる。

ディオンは周りの衛兵たちに鋭い視線を向けながら、桜子に近づいた。

「この者たちを、サクラひとりで？」

「ま、まあ……」

桜子に怪我はないか、剣を彼女の手から取り、それをニコに投げる。

「怪我はないのか……？」

「は、はい。ないです」

怪我がないと聞いて、声を上げたのはイアニスだ。

「やはり、術師なのですね⁉」

「ち、違いますっ！」

桜子はプルプルと頭を左右に振り、不安そうにディオンを見る。

そのとき、ディオンの前に、脇腹を押さえながらグレッグが膝をついた。

「殿下、この者は術師ではありません。信じられないくらいに強い娘です」

グレッグの言葉に、桜子はホッと安堵する。

「そなたたちの怪我は？」

「私どもの怪我は、たいしたことはありません。急所を外してくれたようです」

そう言ってグレッグはこうべを垂れた。

「……急所を。なかなかの腕前だ……」

ディオンは、困惑気味の表情を浮かべている桜子を見つめる。

「疲れているか？」

「……そうでもないです」

剣道の稽古に比べたら、それほど疲れてはいない。

「ニコ、サクラの相手をしてくれ」

「ええっ⁉」

桜子とニコは驚きの声を上げたが、ディオンは口元を緩ませ、先ほど取り上げた剣を彼女に渡す。

「誰か、ニコに鍛錬用の剣を」

グレッグがニコに剣を渡した。ニコは確かめるようにして剣を振りながら、桜子と間合いを取り、構える。

（ニコさんとこの人たちでは当然、実力が違う……）

桜子は瞬時にしてニコの実力を見極めた。

（皇子さまの護衛だもんね。ラウリさんも強かった。肩の捻挫がなくても太刀打ちできない人だった）

柄を両手で持って、身体の前で竹刀を持つように構えた。その凛とした姿にディオンは魅せられる。

（美しい……構えも隙がない。やはり相当な強さ……）

睨《にら》み合ったのち、ニコが跳躍し、桜子の頭上に剣を振り下ろす。桜子は剣を横にしてニコの攻撃を避ける。

だが、力は強く、桜子は飛ばされた。見物していたディオンの身体がピクッと前へ出るが、すぐに身体を起こした桜子に安堵し、その場に留まる。

「っう……やっぱり強い……でも、これで負けるなんて嫌」

衛兵たちには大怪我をしないように考えて打ち込めたが、ニコにはそうも言っていられない。

今度は桜子が剣をニコに向けて振り下ろす。ニコが桜子の剣を避ける。その攻防が何度も続き、疲れが出始めた桜子は、肩で息をつき始めた。

「はあ、はあ……」

逆にニコはまったく息切れもせずにいる。

「やーっ！」

桜子は剣を竹刀のように振り下ろした。ニコはそれを剣で防ぐが、足が後退する。

「そこまで！　もういい。サクラ、疲れただろう。そなたは素晴らしい」

「ディオンさま……」

ニコは黙ったまま、桜子が持っていた剣を預かる。内心、手加減をしたとはいえ、互角に戦う桜子に驚いていた。

否、ここにいる者すべてが、桜子の戦い方に目を奪われていた。


部屋に戻った桜子は、久しぶりに身体を動かしたこともあり、疲れていた。寝台の端に腰を下ろし、大きくため息をつく。

（術師じゃないことはわかってもらえたみたいだけど……ディオンさま、衛兵たちを倒した私に引いていた気がする……）

途中まで一緒に戻り、後宮の出入口まではニコが送った。しかし全員が言葉を話さなかった。

「やりすぎちゃったかな……」

久しぶりの、うかうかしていたらやられてしまう緊張感と、きりっと身が引きしまる戦いの感覚に、達成感はあった。

そこへカリスタがやってきた。

「サクラ！　すごいことをしたそうじゃないか！」

冷たい葡萄ジュースとみずみずしいプラムを桜子に食べさせようと、手にしている。

「すごいことでは……」

「いやいや、すごいよ！　我が宮殿の衛兵の弱さに、これからニコとラウリは彼らを締めるそうだよ」

窓際の椅子に腰を下ろしたカリスタは愉快そうだ。

「締める……？」

「活を入れるってことだよ」

桜子はラウリとニコの活の入れ方を想像してしまい、衛兵たちが気の毒になった。

「さあさ、早くお飲み。喉が渇いているはずだ」

「……いただきます」

カリスタの前の椅子に座り、新鮮な葡萄ジュースを飲んだ。

翌日、カリスタとの勉強が終わり、桜子はまた身体を動かしたくて宮殿の庭を歩いていた。毎日がいい天気で、ここ一週間は雷雨になっていない。

宮殿の庭は見たこともない花があちこちに咲いており、桜子を楽しませてくれる。

この世界には、元の世界と類似しているものがたくさんあった。特に食べ物や動物は丸っきり同じである。

その点から、桜子は異世界トリップなのか、過去へタイムスリップしてしまったのか、わからないでいた。自分が歴史で勉強していない国や、現代に知られていない埋もれてしまった国もあるのかもしれない。

腰を屈《かが》めて、黄色い大きな花を眺めてから立ち上がった桜子の目に、ラウリとニコを護衛につけたディオンが向こうから歩いてくるのが見えた。

まだ気づかれておらず、女官たちの目を気にしている桜子は、できることなら会わずにいたかった。昨日のことがあり、気まずい。

回れ右、で立ち去ろうとしたとき――。

「サクラ！」

気づかれた桜子は、足を止めて振り返る。

白い長衣をまとったディオンは、優雅な足取りで桜子に近づいてくる。太陽が金髪に当たり、キラキラと輝いているようだ。

「こんにちは。ディオンさま」

その眩しさに桜子は目を細めて、笑顔で挨拶した。

「散歩をしていたのか。ちょうどいい。一緒に歩こう」

「申し訳ありません。私はもう……帰るところだったんです」

断って立ち去ろうとする。

「まだいいではないか」

ディオンに、にっこりと笑みを浮かべられてしまった桜子は嫌だと言えるはずもなく、小さく頷く。

ディオンが歩きだし、桜子も隣に並ぶ。すると——。

「お前！ 殿下の隣を歩くとは！ 下がれ！」

そう厳しく言ったのはラウリだ。桜子は驚いて立ち止まった。

「ラウリ、いい。私が一緒に歩こうと言ったんだ」

ディオンはラウリに叱られて当惑している桜子に微笑む。

「サクラ、すまない。隣を歩くんだ。私がそうしたい」

「でも……本当に……部屋に戻ります！ 失礼します！」

桜子は深く頭を下げてから、ディオンの言葉を待たずに駆けだした。

その後ろ姿をディオンは注視し、控えているラウリとニコへと向きを変える。

「いい加減、あの娘に対して警戒を解くんだ。サクラは思慮深い。ここへ来てしまい、戸惑いながらも一生懸命に馴染《なじ》もうとしている。それに、術師ではないと衛兵たちも口々に言っていたではないか。戦ったニコもわかっているはずだ」

「ですが、エルマから、あの娘は殿下を誘惑していると……」

妹のエルマから、先日の話を聞いていたラウリだ。表面上、エルマは桜子の面倒を見ていたが、いまだに不快な思いを抱いている。

「エルマの話は誇張に過ぎない。サクラは私から逃げていくばかり。私のほうが彼女を誘惑したいくらいなのに」

ディオンの言葉に、ラウリとニコは驚きで目をむく。

「で、殿下っ！　なにをおっしゃっているのですか！」

「サクラは私の保護下にいる。なにかあったらお前たちに責任を問うぞ。エルマにもそう伝えておけ」

ディオンは茫然となっているふたりに構わず、歩きだした。

桜子は後宮の部屋の扉を開けた。次の瞬間、中から誰かが出てきて、ぶつかりそうになる。

「も、申し訳ありません！　カリスタさまからお菓子を」

「あなたは……」

以前、桜子が庭を散歩しているときに髪の毛が葉に絡んでしまい、困っているところを助けてくれた女官だった。

テーブルのほうへ視線を向けると、そこにホットケーキのような菓子があった。

「ありがとうございます……って、もういない」

お礼を言ったときには、そこに女官はいなかった。庭で会ったときもオドオドしていたが。

「まだ怖がられているんだよね……もう！　逃げなくてもいいのにっ」

桜子にしては珍しく、ラウリに叱責されたことに苛立っていた。

「そりゃ、この国の皇子さまの隣をふっつーに歩こうとした私が悪いわよ？　でも、あんな言い方しなくてもいいじゃないっ！」

テーブルの上の水差しから、コップに水を入れて飲む。次の瞬間、猛烈な吐き気に襲われる。

（なんで……？　水の中に……？）

喉が焼けるような痛みだった。

桜子は助けを呼ぼうとフラフラと廊下に出た——そこでフッと意識がなくなった。


しばらくして、廊下に倒れている桜子を見つけたのはカリスタだった。桜子の好物の甘い生地で焼いた菓子を持ってきたのだ。もともと後宮へは、カリスタかエルマ、それに食事を運ぶ女官しか来ない。

「サクラっ⁉　いったいどうしたんだい⁉」

カリスタは倒れている桜子に駆け寄り、鼻に指を当てて息を確かめる。弱いが、呼吸はしていた。口の端に血がついているのを確認すると、カリスタの顔が歪む。

「誰かいないか！」

桜子の部屋へ入り、窓から叫んだ。

巡回中の衛兵三人がカリスタの声を聞きつけ、すぐ駆けつける。

「医師とディオンさまを呼んでくれ！　サクラが大変だと！」

衛兵ひとりが残り、ふたりが慌ただしく去っていく。

その直後、カリスタと衛兵によって桜子は寝台に寝かされ、少ししてやってきた医師が容態を確認する。カリスタの他に、エルマも青ざめた顔で見守っている。

そこへディオンがいつになく冷静な表情を崩して現れた。イアニスも一緒だ。

「サクラ！　なぜこんなことに⁉」

医師はディオンに深く頭を下げてから、口を開く。

「毒を盛られたようです。幸い、量が少なく、大事には至りませんでした」

山に咲く花から抽出される毒だった。ほんのりと甘いにおいがするのが特徴だ。危険な花で、ディオンが五年前に根絶やしにしたはずだった。

「ラウリ、ニコ。すぐに犯人を探し出せ！」

毒しか情報がないが、この部屋に入った者から順に当たっていくように指示を出され、ふたりは出ていった。

エルマがディオンの前に進み出て、両手を胸のところで交差させ、膝を折る。

「殿下、私はやっていません！」

「そなたやカリスタだとしたら、一番疑われるこの部屋では行わないだろう」

カリスタはまだ顔色が戻らない桜子の額を、冷たい布で拭いている。毒のせいで熱が出始めていた。

「目覚めたら、柔らかい食事を食べさせろ」

「ん……」

そのとき、桜子が顔を歪めてから目を開けた。

「サクラ！　よかった！　どこか痛むところはないかい？」

カリスタの声に、少し離れたところでエルマと話をしていたディオンも、寝台に近づく。

「サクラ」

目を開けた桜子はハッとなり、身体を起こそうとした。彼女の身体をディオンが支える。

「まだ起き上がれない。寝ているんだ」

「……私……どうしちゃったの……ですか？」

カリスタは心配そうに桜子を見ているし、部屋の中はディオンやイアニス、エルマ、医師と、人口密度がいつになく高い。

ディオンの代わりにカリスタが口を開く。

「水差しに入っていた水を飲んだせいだ」

「水……」

桜子は倒れる前に飲んだ水のことを思い出した。飲んだ途端に、気分が悪くなったのだ。

「サクラ、この部屋に誰か入ったのを見てはいないか？」

「入ったとき……女官が……慌てて去って」

ギュッと目を閉じる。胃がムカムカして、眩暈《めまい》がひどい。

「サクラ！　大丈夫か？」

桜子の手を握ったディオンは、汗ばんだ感触に息を呑む。

「ひどい具合だ。早く薬を」

医師は急いで桜子の上体を起こし、薬を与える。薬のおかげですぐ彼女は眠りに引き込まれた。

「ディオンさま」

イアニスがディオンを呼んだ。

「その女官が怪しいと思われます」

「そのようだな」

桜子から詳しく聞き出したいところなのだが、今はそれどころではない。

「かわいそうに……。カリスタ、エルマ。サクラのこと、しっかり頼む。少しの容態の変化も報告を」

「はい。必ず」

カリスタとエルマは両手を胸の前で交差させ、ディオンに約束した。

「イアニス、行くぞ。一刻も早く犯人を見つけなければ」

ディオンは護衛を扉の外と庭につけて、イアニスと出ていった。


桜子に毒を持った女官は、翌日見つかった。自分の部屋に毒を隠していたところを発見され、抵抗することなく捕まった。

この後にやるべきなのは、桜子の回復を待ち、その女官が部屋から出てきた人物か確認するだけだ。

桜子の容態は翌々日にはよくなり、それまでカリスタを心配させたが、かいがいしく介抱されたおかげで回復も早かった。

「サクラ、よくなってよかったよ。廊下に倒れているのを見て心臓が一瞬止まったよ」

「いろいろありがとうございます、カリスタ。もう熱もないし、食欲もあるから大丈夫です」

寝台の上で上体を起こしている桜子は、カリスタを安心させるように微笑む。

「ディオンさまも、それはそれは心配していたんだよ」

ディオンが心配してくれていたと聞いて、恐縮する思いだ。今回のことは桜子が悪いわけではないのだが。自分が狙われた理由がわからない。

「犯人も見つかったからね。安心するといい。部屋の周りは衛兵が守ってくれている」

「犯人が捕まったなら、もう衛兵は必要ないかと……」

自分のために仕事を増やされた衛兵は、たまったものではないだろうと思う。

「いやいや、念のためにだよ。ディオンさまも安心できないでいるらしい。サクラの体調がよくなりしだい、その女官を確認してほしいようだよ」

「確認を……。今、その女官はどこにいるんですか……？」

桜子が想像する人物は、庭で髪が葉に絡んでしまったところを丁寧に取ってくれた女官だ。

「宮殿の地下牢だよ。ジメジメした汚いところさ。確認するときは別の部屋でやるはずだ。ディオンさまがサクラをあんなところへ連れていくはずはないからね」

自分を殺そうとした人と会うのは怖かったが、なぜ自分が狙われたのか知りたい気持ちもある。

「女官が犯人だと確定したら、どうなってしまうんですか？」

「それはまだわからないね。法にのっとって裁かれるが、殺人未遂はかなり重い罪になるだろうね」

あのときぶつかった女官の姿を思い出した。オドオドしていて、人を殺そうなどとは思わないような人に見えた。それに庭での彼女は優しかった。

「カリスタ、すぐに会いたいです」

もしかしたら、間違いで捕まった女官かもしれない。

「すぐには無理だよ。まだ出歩けないだろう」

「女官は、自分が犯人だと認めているんでしょうか？」

「ああ。部屋に毒がたっぷり入った瓶があった。証拠はあるから逃げようがない」

カリスタの言葉に、桜子は首を傾げる。

（たっぷり……あった？）

医師は、毒の量が少なかったからこれくらいの症状で済んだと言っていた。

（それならば、どうしてたっぷりあった毒を全部使わなかったの？）

桜子はそう考えてしまい、眉根を寄せた。

「サクラ、夕食まで眠りなさい。無理をして、ぶり返したら大変だ。ディオンさまに大目玉を食らうよ」

『大目玉を食らうよ』のところで両腕を身体に回し、ブルッと身を震わせたカリスタに、桜子は笑う。

「ディオンさまが怒るところなんて、想像できないです」

「普段は温厚そのものだけど、いざというときは周りの者を凍りつかせるくらい怖いんだよ。今回のことにも、ディオンさまはいつになく厳しかったんだ」

「捕まった女官は、どんな罰を受けるんですか?」

先ほど、法にのっとって重い罪になるかもしれないと言われたが、それがどんなものなのかわからず聞いた。

「うーん……もしかしたら斬首刑になるかもしれない。それほどディオンさまはお怒りだったから。ほら、今はそんなことを考えずに休むんだよ」

カリスタは桜子を寝台に横たわらせる。

(斬首刑……って、首をはねられるっていうこと……?)

桜子の困惑に気づかずに、カリスタは部屋を出ていった。

ひとりになった桜子は身体を起こし、体育座りをして、女官とぶつかったときのことを考える。

優しい桜子だ。女官の処分が気になる。

平和な環境で生活していた桜子には、斬首刑が映画やドラマの中だけのことのようでピンとこないが、想像すると吐き気が込み上げてきた。

（その刑はひどすぎるわ）

まだ決まったわけではないが、ディオンに会って話を聞かなければと思った。

そこで小さく扉が叩かれ、考えていた人が現れる。

深い青色の長衣をまとった姿は近寄りがたい。ディオンは楽器を持っていた。

「サクラ、起きていたのか。しかし、横になっていないといけない」

優美な足取りで寝台のそばへやってきた。

「どうした？　悩んでいるような顔をしている」

「……ディオンさま、犯人のこと――」

「その件は後日だ。今は身体を治すんだ」

桜子の言葉を遮り、心配そうな瞳を向けるディオンだ。

「もう平気です」

「まだ顔色は戻っていない」

ディオンの長い指が桜子の頬に触れる。その瞬間、彼女の心臓がドクンと跳ねる。

「横になって」

今は話ができないと悟った桜子は、仕方なく横になる。

ディオンは満足そうに口元に笑みを浮かべ、寝台から少し離れた椅子に腰を下ろし、楽器を弾き始めた。とても静かな曲調で、桜子を眠りに誘おうとしているようだ。

いつもなら桜子の瞼が落ちてくるはずだが、今日は女官のことが気にかかるのと、すでに睡眠をたっぷり取っているせいで眠くならない。

「その大きな目を閉じて」

手元を見ずとも楽器を弾けるディオンは、今はアメジスト色の瞳で、横になっている桜子を見ていた。

「……眠れません」

「私が弾くと、眠くなるのでは?」

前に寝てしまったことを持ち出され、桜子は当惑する。

「そ、そうなのですが……ずっと寝ていたので」

「困ったな……。庭に連れ出すわけにもいかないし……」

ディオンは立ち上がると、椅子の上に楽器を置いて、寝台へと歩み寄ってくる。彼の突然の行動の意味がわからず、桜子はポカンと見ていたが、次の瞬間、身体を跳ねさせて起き上がろうとした。

「な、なんで横に……?」

ディオンが桜子の隣に身を横たえたのだ。そして、飛び上がりそうになる彼女の身体を引き寄せた。

「こうしているから、眠りなさい」

「ね、眠れるわけがないじゃないですかっ。起きてください！　私はひとりで大丈夫ですからっ」

守られるように腕枕をされている。桜子はディオンから離れようとするが、しっかり抱き込まれて動けない。

「おとなしくして。熱がぶり返す」

「そ、そんなことを言われても。離してくださいっ」

ディオンに抱きしめられてしまい、全身が熱くなってくる。恋愛経験のない桜子には、いささかレベルが高い行為だ。

「目を閉じるんだ」

おそるおそるディオンの顔を見ると、宝石のようなアメジスト色の綺麗な瞳と視線がぶつかる。

「からかわないでください……」

「からかう？　そんなつもりは毛頭ない。そなたは可愛い人だ。恥ずかしがるところに、くすぐられる」

この国の女性は積極的で、女官でさえ豊満な身体でディオンを誘惑しようとする。

(恥ずかしがると……余計に？　……恥ずかしがらなければいいのね)

「おやすみなさい。寝ますから！」

桜子は暴れる心臓を気にしないようにして目を閉じ、眠ろうと自分に言い聞かせた。

頭の上で、楽しそうな「クッ」という喉から絞り出すような声がした。

「いい子だ。ゆっくり眠りなさい」

ディオンの静かな声は、眠くなかったはずの桜子の眠気を刺激した。

爽やかでフルーティーな香りをまとうディオンの胸で、緊張しながら目を閉じて動かないでいるうちに、桜子はいつの間にか眠りに落ちていた。


次に目が覚めたとき、部屋にはカリスタとエルマがおり、夕食を運んできたようだ。

寝ぼけまなこでふたりを認識したのち、ハッとなって自分の隣を見る。ディオンの姿はなかった。

(眠れないと思ったのに、寝ちゃったんだ……)

ディオンの腕の中は、まるで守られているようで心地がよく、深い眠りに引き込まれたようだ。

「サクラ、夕食を持ってきたよ。私の分もあるから一緒に食べよう」

カリスタは桜子が毎日ひとりで食事をしているのを気の毒に思い、今日は自分の分も用意させていた。

「はいっ」

カリスタも一緒だと言われ、桜子は笑顔で寝台から下りた。

エルマが部屋を出ていき、ふたりで食事を始める。今日の料理も豪華で美味しそうだが、日本食が懐かしくなってきていた。

（納豆とか、煮魚とか食べたいな……）

ここの食事に醤油《しょうゆ》や味噌《みそ》の味つけのものは出たことがないので、無理な話だろう。

（お母さんの手伝いをしておけばよかった）

剣道ばかりで、料理をしてこなかったことを後悔している。

「どうした？　食欲がないのかい？」

まだ口にしない桜子に、カリスタは首を傾げる。心配をかけっぱなしのカリスタに元の世界の話をすれば、彼女が気にしてしまうと考え、桜子は大きく首を横に振った。

「あります！　あります！　いただきます！」

目の前の大きな肉を食べ始める。

そんな桜子の気持ちがわかったカリスタは、同情のため息をつきたいのを堪えて自分も食べ始めた。

「……そういえば、ディオンさまがいらしたんだねえ」

「えっ？　あ、そうなんです……」

まさか腕枕をしてもらっているうちに眠ってしまったなどと言えず、桜子は困る。

「ディオンさまはサクラが気になるのだね」

「そんなことないですよ。た、たまたまです。だって、ディオンさまは女った……」

女ったらしと言いそうになって、慌てて口ごもった。

「ディオンさまは、女った……？　なんだい？『女った』とは……？」

聞き慣れない言葉を突っ込んでくるカリスタだ。

「……女った、ではなく、女ったらし……つまり、女と見たら見境なく……」

この国の皇子にそんなことを言ってはいけないのはわかるが、カリスタの問いかけに、つい話してしまう。

次の瞬間、カリスタは大きな声で笑った。その笑い声は廊下にも聞こえそうなくらいである。

「カ、カリスタっ。なにがおかしいんですかっ？」

「クッ、クク……。いや、ディオンさまがねえ……おかしくて笑いが止まらないよ」

カリスタのブラウンの瞳に、笑い涙まで浮かんでいた。

「まあ、無理もないかねえ。そんな誤解をサクラにされていると知ったら、ディオンさまはショックを受けるだろうよ」

「意味がわかりません。誤解って、実際は違うんですか？」

カリスタはいつも所持している薄布で、笑ったおかげで濡れた目尻を拭く。

「ディオンさまは女ったらしではないから、安心しなさい。あれは口だけで、実のところ女には興味がなかったんだよ」

カリスタの言葉は、桜子に再び誤解を与える。

「女には興味がなかった……？　もしかして、男の人が好きなんですか？　恋人は……あ！　イアニスさま？」

桜子の頓珍漢な誤解に、カリスタはまたも笑いが止まらなくなった。

「うー、ククッ、ク……サクラは可愛いね～。楽しませてくれるよ。こんなに笑ったのは何年ぶりだろうか。もう酒でも飲みたいねえ。誰かいないか？」

扉の向こうに声をかけた。すると、いつもエルマの後ろについてくる女官が姿を見せる。

「酒を持ってきておくれ」

「はい。カリスタさま」

女官は俯きがちに膝を折り、出ていった。

上機嫌なカリスタと、困惑気味の桜子。正反対のふたりの元へ、イアニスがやってくる。

「おや。もうお前に報告がいったのかい？」

カリスタは面白くなさそうに、孫へチラリと視線を向けた。

「おばあさま。酒は医師から禁止されています」

桜子はイアニスの言葉に驚いた。

「どこか悪いんですか？」

「サクラ、あの医師は意地悪なだけなんだよ。ほら、イアニス。一杯くらいならいいんだよ。注いでおくれ」

イアニスも全面的に禁酒をさせたいわけではなく、女官の代わりに酒の瓶を持っている。

「一杯だけですよ」

グラスに琥珀色《こはくいろ》の酒が注がれた。

「さすが私の孫だよ。少しくらい飲まなければ、余計に寿命が縮まっちまうよ。こんなに気分がいいっていうのにさ」

イアニスが、ポカンとふたりを見ていた桜子へ視線を向ける。

「おばあさまは、なぜこんなに上機嫌なのですか？」

「わ、わかりません……」

桜子は首を左右に振った。

「サクラといると若返った気分になるよ。お前も仏頂面をしていないで、サクラのように天真爛漫《てんしんらんまん》な子になっておくれ」

「天真爛漫ですか……？　そんなのは今さら無理です」

「そうだったねえ。生まれたときから真面目すぎて、面白味のない孫だったよ」

口ではそう言うカリスタだが、イアニスを誇りに思っている。

「サクラは病み上がりです。気をつけてください。ディオンさまからお叱りを受けますよ」

諭しながら、これほどまでに誰かに心を許している祖母を見るのは初めてだとイアニスは思った。

（ディオンさまといい……本当にこの娘は、悪い娘ではないのかもしれない……）

「はいよ、はいよ。お前は邪魔なんだよ。出ていっておくれ」

カリスタは渋い顔のイアニスを部屋から追いはらおうとする。彼は「ほどほどにしてください」と言い、肩をすくめて出ていった。

「カリスタ、どこか悪いの？」

「年寄りだから、いいところなんてひとつもないに決まっているじゃないかい」

笑ってから、カリスタは果実酒を口にする。

「そんなお年寄りじゃないです。お医者さまに禁酒を告げられているのなら、飲んじゃダメです」

桜子はカリスタの身体を思って、顔をしかめた。

「おや。口うるさい孫がもうひとり増えたねえ」

「だって……私はカリスタがいてくれるから、救われているんです。カリスタがいなかったらどうすればいいんですか？」

桜子の本心だ。彼女を祖母のように慕っている。

「私がいなくても、みんながサクラの面倒を見てくれるから大丈夫だよ。ほら、たくさんお食べ」

カリスタは少ない中身の一杯をすべて飲み干し、満足そうだった。

そして桜子の頭の中から、ディオンとイアニスのBL疑惑《ボーイズラブ》が払拭されることはなかった。


二日後、桜子は宮殿にある部屋に呼ばれた。そこは『裁きの間』。

長身のディオンよりも大きく、角が生えた人間のような姿の金の像が置かれており、桜子は怖さですぐには近づけなかった。

(この部屋は、なんなの……?)

エルマに連れてこられたが、なにも説明はされなかった。

金の像は、桜子が想像していた悪魔のようにも見える。腰布をつけ、右手には三股のような棒を顔の横に立てて持っている。

遠巻きに見ていた桜子だが、数分経つと、それほどその像が怖いとは思わなくなって、素材や顔の細部を見ようと近づいた。背伸びをして手も伸ばし、おそるおそる顔に触れる。

「サクラは、パベル神が怖くないのか?」

背後から声をかけたのはディオンだった。

振り返るとイアニスもおり、もちろんディオンの護衛であるラウリとニコもいる。

ディオンに会うのは、腕枕をされて眠ってしまった日以来だ。

　今日のディオンは、ものものしい雰囲気の黒い長衣を着ている。イアニスも同じだが、ディオンがイアニスと違うのは、黒い長衣に金糸で豪華な刺繍が施されているところである。

「この像はパベル神というのですか？」

「我が国で、裁きの神としてあがめられている。パベル神の前で嘘をつけば、数日以内にひどい目に遭うという言い伝えだ」

　ディオンの説明に桜子は頷いた。

「ここへ女官を呼ぶんですね？」

「そうだ。身体は大丈夫か？　まだのようなら後日にするが」

　強く首を左右に振る。

「いいえ。もう平気です。会わせてください」

（犯罪人であれば、パベル神を前にしたら正直になるはず）

「では、私の隣に座っていなさい」

　パベル神の隣に、宝石が埋め込まれた玉座があり、その横にニコが飾りのない椅子を運んできた。その椅子に桜子は座る。

「女官を連れてきてください」

イアニスがラウリに命令し、彼は裁きの間を出ていく。

すぐに、汚れが目立つ黄色い衣装を着た女官を連れてラウリが戻ってきた。茶色い髪はボサボサで、俯いており疲れきった様子。重みのある鉄製の足枷《あしかせ》のせいで、たどたどしい歩き方だ。

女官はディオンから四メートルほど離れたところに、乱暴に膝立ちにさせられた。

彼女のふらつく身体に、桜子は自分がここに来たときのことを思い出してしまい、同情を覚える。

イアニスが一歩前にスッと出て、口を開く。

「女官、ザイダ・カサス。お前はこの者を殺そうとして、毒を水に入れた罪を認めるか？」

俯いたままのザイダは口ごもっていて、返答は届かない。

「おい！　はっきり話せ！」

ラウリがザイダの腰を蹴り飛ばし、彼女は呻き声を上げてその場に倒れる。

「蹴らないでくださいっ！」

桜子は椅子から立ち上がり、ザイダの元へ駆け寄って床に膝をついた。

「サクラ！」

ディオンは桜子の行動に驚き、冷酷な表情を崩して立つ。

「大丈夫ですか？」

倒れたザイダの身体を起こそうとする桜子。抵抗することなく彼女は身体を起こし、桜子に向かっていきなりガバッと頭を床につける。

「申し訳ありませんでした！　殺すつもりはなく——」

「ならば、なぜ毒を入れた⁉」

イアニスが大きな声で問いかけた。

「それは……」

ザイダは答えられない。桜子はディオンの前に進み出る。

「ディオンさま。ザイダとふたりだけにしてもらえますか？」

「なにを言っている？　ふたりだけにさせられるわけがない」

ディオンは即座に首を横に振った。

「お願いします。話をさせてください。それに、私は男性を三人倒したんですよ？　この人には負けませんから」

ザイダに襲いかかってこられたとしても、負けない自信はある。

「サクラ……」

ディオンは決めかねていた。

「お願いです」

桜子は力強い瞳でディオンを見つめる。しばしディオンのアメジスト色の瞳は、桜子の漆黒の瞳から視線を逸らさなかった。

そして――。

「仕方がないな。わかった。ふたりだけにしよう」

ディオンがイアニスたちに合図をして、裁きの間には桜子とザイダだけになった。

「……どうして、ふたりだけに？」

ザイダが困惑した表情で桜子に聞いた。

「本当に私を殺す気だったの？」

自分と同い年くらいに見えるザイダに、桜子ははっきり問う。

「私を本気で殺すのなら、毒をほんの少しにせず、全部入れれば間違いなく死んでいたのに、どうして？」

「……あなたが殿下に好かれているのが嫌だったんです。警告のつもりが……殺そうとは、まったく考えていませんでした！」

ザイダはディオンに憧れを抱いていた。自分自身の女官という立場はわかっていたし、他のみんなと同じように、いつも奏でられる音楽に聴き入っているだけで満足していた。

それが、突然現れた娘をディオンが必要以上に気にかけるのが嫌で、今回のことを起こしてしまったのだった。

桜子はザイダがほのかに抱いていたディオンへの気持ちを知って、入っていた肩の力が緩んだ。

「ディオンさまは、異世界から来た私を気の毒に思ってくれただけなんです」

「……身のほど知らずで……恥ずかしいです」

ザイダはうなだれる。罪を償うのは当たり前だが、扉のところで桜子とぶつかったときに引き返し、水を持ち去ればよかったと後悔していた。

「……サクラさま、本当に申し訳ありません！　どのような罪でも償います！」

もう一度、心から桜子に謝った。

「あなたの気持ちはわかったわ」

桜子はザイダから離れると扉を開け、廊下にいたニコに話が終わったことを告げる。

少しして、ディオンたちが裁きの間に戻ってきた。桜子は先ほどの席には座らず、ザイダの隣に立つ。その様子にディオンの形のいい眉の片方が上がる。

「サクラ?」

「ディオンさま、ザイダは深く反省しています。私を殺す気はなかったんです。お願いです。罪に問わないでください」

桜子の言葉に、ザイダを含め、その場にいた者たちは呆気に取られた。

「サクラ。その者は、そなたを殺《あや》めようとしたんだぞ?」

ディオンははっきりと口にした。

「わかっています。でも、ザイダは本気ではなかったんです。もし殺すつもりならば、部屋に隠し持っていた毒を全部、もしくは最低でも半分は使ったはずです」

桜子なりに考えたことを話し、わかってもらおうとする。

「……サクラの言い分はわかった。先に部屋へ戻っていなさい」

淡々と告げるディオンに、桜子の顔が歪んだ。

「ディオンさまっ! お願いです。重い罪にはしないでください!」

桜子の横にニコが来て、部屋を出るように扉まで付き添われる。桜子は、悲しそうな瞳で俯くザイダからディオンに視線を移して、裁きの間を出た。

後宮に戻っても桜子は落ち着かず、部屋を行ったり来たりしている。

(私がお人好しなの？　でも、ひどく罰せられるのはザイダがかわいそう……。そうよ！　私が被害者なの)

「私が罪を問わないって言っているんだから、それでいいのにっ」

ベルタッジア国の法律を無視している桜子である。

そこへディオンが部屋を訪れた。先ほどのものものしい黒長衣ではなく、翡翠色《ひすいいろ》の長衣に着替えている。ベルタッジア国の宮殿にある裁きの間では、あの黒長衣を身につける習わしになっていた。

ディオンに桜子は駆け寄る。

「ザイダの処分は⁉」

「おそらく、我が国から追放になるはずだ」

桜子の黒目がちな瞳が、大きく見開かれる。

「ええっ⁉　そんな……」

「サクラ、座りなさい」

ディオンはショックを受けた桜子の身体を支えて、椅子に腰を下ろさせた。

「追放……。ザイダのような女の子が、他の国でやっていけるんですか？」

「どうだろうか。我が国ほど住みやすいところはない」

ベルタッジア国の周りは、貧しい国や小国ばかりである。働き口も見つかるかわからない状況だ。衝撃を受けた様子の桜子に、ディオンはその事実を詳しく口にすることはできなかったが。

しかし、勘のいい桜子は真意を悟り、泣きそうになった。

「ディオンさま、国外追放はしないでくださいっ。私が被害者なんです。被害者の私がいいと言っているんです。だからっ、お願いです！」

両手を合わせて懇願する。ディオンならなんとかできる、と。

「そなたはとても優しい。しかしザイダは罪を犯したんだ。それは償わなければならない。では、失礼する。まだ病み上がりだ。横になっていなさい」

「ディオンさまっ！」

部屋を出ていこうとするディオンに声をかけたが、彼は立ち止まることなく、扉の向こうへ消えた。

桜子のいる後宮から、宮殿の二階にある政務室に戻ったディオンは、美しい織りの長椅子に腰を下ろす。

愁いを帯びた表情が、余計に近寄りがたさを醸し出す。

そこへ政務室の扉が叩かれ、イアニスが入ってきた。

「ディオンさまがここにおられるのは珍しいですね。楽器は弾かれないのですか？」

近寄りがたく見えるディオンが相手でも、イアニスはそれをものともせずに言葉をかけられる存在だ。

「そんな気分ではない。楽器を弾く気ならば、とっくに娯楽室にいる」

そっけない返事に、イアニスは『おや？』というように眉を上げて、ディオンに近づく。

「ザイダのことで、ディオンさまが頭を悩ませる必要はありません」

小さい頃から兄のように面倒を見ていたイアニスだからこそ、ディオンの考えていることはほぼわかる。

兄弟皇子はいるが、それぞれ母親が違い、交流もほとんどない。そしてディオンに至っては、亡き母から兄弟間の争いを避けるために国務に関わらないよう言われ続けていた。

そのせいもあり、ディオンが皇帝のいるベルタッジア宮殿へ行くことはほとんどない。他の皇子らは国務に関わり、月に一度はベルタッジア宮殿へ赴くのだが。

「イアニス。ザイダの処分は私が決める」

「ディオンさま？」

当惑するイアニスに、ディオンはフッと微笑む。

「私はサクラに弱いようだ。あれの願いをすべて叶えてやりたくなる」

「なにをおっしゃって……まさか、ザイダの罪は、なしにしろと……？」

「そのまさかだ。サクラが望んでいない」

桜子を思い浮かべて、さらに笑みが深まる。

「あの娘はバカなのですか⁉　自分を殺そうとした者を助けようとするとは！」

イアニスには理解できない。だが、優しい性格であることは間違いなく、凛とした姿を見せながらも周りへの気配りを忘れない桜子を、イアニスも好ましく思い始めてはいる。

「そこがサクラのいいところなんだろう。この国の女たちには、そういった心がない。特に皇族は」

ディオンはひとりの皇族の娘を思い浮かべて、皮肉めいた顔になる。

「我が国の女性たちとお比べになるのは、いささか無理がありましょう。あの娘は奇特な存在です。しかし、我が国の法を曲げようとなさるディオンさまが心配でございます」

そんなことは、今までになかったことである。桜子がディオンの前に現れてからしだいに変わっていく第三皇子に、イアニスは憂虞《ゆうぐ》する。桜子の存在がディオンを危機に陥れやしないか、心配なのである。

しかし、ここはディオンが統治するアシュアン領だ。ディオンが右と言えば、左も右になるのであった。

第三章

翌日の午前中。湯殿から戻った桜子の耳に、美しい音色が聴こえてきた。

「ディオンさまが弾いているのね。悠長なことでっ！」

ザイダの処分が心配で、桜子はもう一度かけ合おうと、ひと晩中考えていた。しかしこの国の法に異世界から来た者が口を出してはいけないと、自分に言い聞かせて我慢していた。そこへディオンが奏でる麗しい曲だ。

「そもそも、イアニスさまのことが好きなのに、女官たちにもいい顔をしているからいけないのよ。それで女官たちは自分に気があると思って——」

「誰が、イアニスを好きなんだ？」

込み上げてくる不満が思わず口から出たとき、窓の外からディオンが見ていた。

「きゃっ！」

突然のディオンの出現に、桜子は肩を跳ねさせて驚く。

「ディ、ディオンさまっ！　そんなところから——ああっ！」

ディオンはひらりと窓を乗り越えて、桜子の部屋に下り立った。

呆気に取られる桜子に、彼は微笑みを浮かべて近づいてくる。

「湯浴みに行ったのか。綺麗な黒髪が濡れている」

布でざっと拭いただけの髪に、ディオンの長い指が触れた。その瞬間、桜子は心臓を痛いくらいドクンと跳ねさせてしまう。

「ちゃんと拭かなければダメだ。熱がぶり返す」

「も、もう平気です。すぐに乾きますし」

髪に触れるディオンの指から離れようと、一歩下がる桜子。その動きに、彼の美しい顔がしかめられる。

「サクラはイアニスが好きなのか？　私よりも？」

突然、突拍子もないことを聞かれて桜子の目が点になった。

「す、好きじゃありませんっ！　おふたりの仲を裂こうだなんて、まったく思っていませんからっ！」

プルプルと首を左右に振る桜子に、ディオンは小首を傾げる。

「私たちの仲は絶対に裂けないな。しかし、そなたが私よりもイアニスが好きなのであれば、私たちの仲は険悪になるかもしれない」

「言っている意味がわかりません。どうぞおふたりは、今のまま仲よくなさってください」

顔を近づけられ、桜子は引きつった笑顔を向けた。

ディオンは超絶美形だけあって、触れられれば心臓を高鳴らせてしまうが、桜子はイアニスとの愛を認めている。

「困ったな……」

じりっと後退した桜子の背後の壁に、ディオンが手を置く。

(か、壁ドン……?)

「な、なにが困ったのですか……？　ディオンさまっ。か、顔が近いです」

整った顔立ちの細部までよくわかるほど近づけられて、桜子は困る。

「本当に、そなたが倒れたときは心配したんだ」

「は、はあ……」

また女ったらし癖が出てきたのかと考えながら、アメジスト色の瞳を見つめる。

「今の私は、そなたが気になって仕方がない」

「き、気にかけてくださり、恐悦至極です……」

古くさい言い方がディオンに伝わるのかわからないが、近づけられている人形のような顔にテンパる桜子だ。

「礼を言う必要はない。私はサクラが好きだ。好きな人に喜んでもらいたい。幸せになってほしい。そう思うのは当たり前のこと」

「お礼は当然……えっ⁉　今、なんて……？」

ディオンはからかっているのだろうか？と、桜子は食い入るように彼を見る。

「サクラが好きだと言ったんだ」

サラッと口にして微笑むディオンに、自分の耳を疑う。

「好き？　好きにもいろいろあるかと……」

「そうだな。私はこうしたい」

そう言ったディオンは、さらに顔を桜子に寄せて、その唇に薄めの唇を当てた。

キスをされた桜子は心臓が一瞬だけ止まった。

目は大きく見開かれ、食《は》むように唇に触れてくるディオンを見つめるばかりだ。

（ど、どうして……？）

困惑しすぎて、ファーストキスだということよりも、ほんの少し伏せられた金色のまつ毛が長いな、と思っていた。

「サクラ。キスしているときは目を閉じるものだ。まさか、サクラの世界では違うのか？」

キスをやめたディオンは、楽しそうな笑みを向けている。

「いいえっ！　私の世界でも、キスは……って、違います！　ディオンさまは男性がお好きなんじゃないんですかっ？　もしかして、両方いける？　じゃなくてっ！」

慌てている桜子に、ディオンはいつになく大きな声で爆笑する。

「サクラはなにを言っているんだ？　クッ、クッ……」

「イアニスさまがお好きだとおっしゃったじゃないですかっ！　それなのに、私ともキスできるなんてっ」

桜子の誤解を理解したディオンだ。

「イアニスは兄のように慕っている、という意味だ。男とキスする？　考えただけでも気持ちが悪い」

「ええっ？　兄のように……？　すみませんっ！」

(今までのことは、私の誤解だったの……？)

ディオンから少し離れて、桜子は頭を深く下げた。

「まったく……私が好きなのはそなただ」

好きだと簡単に言われても、今までの女官たちへの言動から、それが本心なのかはわからない桜子。

「ディオンさまは、異世界から来た私が珍しいだけです」

好きであって、愛しているわけではないのだろう。ディオンにとって自分はペットのようなものなのかも、と思った。

「これほどサクラを好きなのに、信じてくれないのか？」

「信じろというほうが無理があります。もうキスしないでください」

桜子が想っていい相手ではないのだ。ディオンとは親密にならないほうがいい。

「サクラ！　私はそなたに誠実でありたい」

「私以外の……女官でも誰でも口説いてください」

ディオンは悄然《しょうぜん》とした表情になった。

「わかった……」

すんなり認めて、入ってきた窓から身軽に出ていった。

（簡単に引いたってことは、やっぱり退屈しのぎだったの……？）

それはそれで寂しい気持ちがあるが、これでよかったのだと、桜子は近くの椅子に腰を下ろす。

だが、座ってもディオンのことが気になり、再び立ち上がる。彼ともう一度話をしなければと思った。

だが立場上、好きになってはいけない人だ。何度か立ったり座ったりと忙しい桜子は、部屋の中をウロウロと歩き始める。

そこへ扉が叩かれ、カリスタがエルマと女官を伴い部屋へ入ってきた。

カリスタの表情はいつもより硬い。桜子は小首を傾げる。

「サクラ。新しいお前さん付きの女官を紹介しよう」

「え？　新しい……？」

（エルマといつも一緒に行動している女官じゃないの？）

カリスタはエルマの後ろにいた女官を、桜子の前に移動させた。次の瞬間、桜子は「あっ！」と声を漏らす。

その女官はザイダだった。近づいてくる彼女に足枷はなく、俯きながら歩いてくる。

そして着ている服は清潔な女官の衣装だ。

「カリスタ！　ザイダは国を追放されずに済んだのですか⁉」

嬉しくて笑みがこぼれる桜子。

「ああ。ディオンさまが、サクラが悲しむところを見るのは嫌だからと、決定を覆したのさ」

「ディオンさまが……」

　桜子は驚きを隠せない。

「まったく。私はまだザイダを信用していないよ。エルマ、しっかり監視するんだよ。サクラが心配でならない」

　カリスタの表情が硬かったのは、ザイダが桜子の女官になったからだ。また桜子に身の危険があるのではないかと心配である。

　しかしディオンから指示を受けたからには反対はできない。いや、実際は猛反対をしたのだが。

　対照的に、エルマはザイダを救った桜子を見直していた。毒を飲ませられ、苦しい思いをしたはずなのだが、それでもザイダを憎まない優しい桜子をディオンが好きになるのも無理はない、と。

　ザイダは即座に膝をつき、床にぶつける勢いで頭を下げる。

「私はもう二度と、サクラさまを傷つけたりいたしません！　自分の命にかけて誓います！」

　必死な声に、桜子はにっこり笑う。

「ザイダ、よろしくね。私に女官は必要ないけれど、話し相手になってもらえたらと思うの」

そう挨拶をしつつも、ディオンの優しさや、彼が自分のことをいかに考えてくれていたかがわかり、今すぐ会いに行きたくて仕方がない。

「はい！　心を込めて尽くさせていただきます」

ザイダはもう一度、床に頭をつけて感謝の意を表した。

「わ、私、ちょっと出てきます！」

三人に断り、桜子は扉に向かう。

「え？　サクラ、いったいどうしたんだい？」

カリスタの問いはすでに遅く、桜子は急いで部屋を出ていった。

後宮を出てから庭へ行き、いつもディオンがいる娯楽室へ向かった。しかし、残念ながら美しい音色は聴こえてこない。

桜子は、ディオンを信じていなかったことを一刻も早く謝りたかった。

キョロキョロしながら庭を歩き回る。宮殿の中へ入る許可は得ておらず、衛兵の鍛錬所まで行き、ディオンの姿を探した。

「どこにいるんだろう……」

それほどディオンのことを知らないのだと、意気消沈して後宮に戻ろうとしたとき、イアニスがやってきた。桜子は彼に駆け寄る。

「あの、ディオンさまに会いたいのですが」

「今は出かけられております」

ディオンはアシュアン宮殿を出ていたのだと知り、がっかりした。

「夕刻には戻られる予定ですよ」

イアニスは気落ちした桜子がかわいそうになり、ディオンの戻りを優しく教えた。


ディオンはラウリとニコを伴い、街の警備局に来ていた。

桜子がこのアシュアンに来たときに襲った男たちが捕まった、との連絡を受けたのは、先ほどのこと。一度は警備局の者の不手際で釈放してしまったが、ようやく三人を再度捕まえたのだ。

三人に尋問をするのはラウリとニコだ。ディオンは隣の部屋で話を聞いていた。

桜子は森へ入る手前で気を失っていたという。そして意識を取り戻した彼女に襲いかかったところ、見たことのない武器で倒された、と。

以前報告を受けた内容と一緒で、新情報はなかった。少しでも桜子のことを知りたかったディオンは、彼女が元の世界に帰りたくて仕方なくなったときに、なにか手伝えればと思っていた。

とはいえ、彼女に惹かれているディオンは、手放したくないとも思っている。自分を愛してくれれば、全身全霊で桜子を愛したい。今までこんな想いを抱いた相手はいなかった。

桜子にキスをしたときのことを思い出す。

（驚いていたな。確かに、私も口づけるつもりではなかった）

「殿下、そろそろ宮殿に。雷雨が近づいております」

ラウリとニコがディオンの元に戻ってきていた。

「雷雨か……サクラが心配だ。あれは雷をひどく怖がる」

ディオンは隊長と副隊長に見送られ、警備局を後にした。

遠かった雷雲は、宮殿に到着する頃にはすさまじくなっていた。

ディオンたちが雨に濡れるのは免れず、頭上で雷も激しく鳴っていた。びしょ濡れの状態で、青のタイルが美しい宮殿の門に着いたディオンは、馬を衛兵に預ける。

そこで空がピカッと光った瞬時、ゴロゴロドドーン！と轟《とどろ》いた。

「きゃーっ！」

雨がかからない門の隅で耳を押さえ、座り込み、俯く桜子にディオンが気づく。雷におびえる彼女はディオンに気づいていない。

「サクラ⁉」

ディオンは桜子に近づき、彼女の前に片膝をつく。

「なぜこのようなところにいるんだ⁉」

肩に手を置かれた桜子は、ようやくディオンの存在を認め、ホッと安堵した顔になった。

「ディオンさま……」

ディオンの胸に飛び込む。

「サクラ、濡れてしまう」

そう言いつつもディオンは桜子を離せず、肩を抱きしめた。

「雷が怖いのに、どうしたのだ？　エルマやカリスタが心配しているだろう？」

石造りのがっしりした巨大な門で、雨が身体にかからずにはいられるが、ここでは音や光は否が応でもすぐ近くになる。雷が怖い桜子がこのようなところにいることに、胸を痛めた。

「ディオンさまに、お話が……」

空が雷で光り、桜子は息を呑む。そして、ドーン！と激しい雷鳴がした。

「きゃーっ‼」

ディオンは震える桜子の肩を強く抱きしめる。

「大丈夫だ。しかしここでは話もできない。部屋へ行こう」

そう言いながら桜子を立たせた。彼女の足がふらつく。

（うわ……痺《しび》れている……）

「私が抱いて連れていこう」

「い、いいえ！　そんなわけにはいきません！　少し足が痺れただけですから」

今にもお姫さま抱っこをされそうで、桜子は慌てて首を横に振った。

「そんなに長い時間、ここにいたんだな」

自分を待っていてくれた桜子に、愛《いと》おしさが増すディオンだ。

「なおさら、そなたを抱き上げていきたい」

「む、無理です！　もう治りましたからっ」

桜子は思いっきり拒否をした。影のようにそばにいるラウリとニコ、そして衛兵の目が気になる。

それに、桜子はディオンと親密になりたくてここにいたわけではない。ひとえにザイダのお礼をしたかったのと、信じていなかったことを大急ぎで謝りたかったのだ。

しかしこの場所では雷のせいで、ちゃんと話すことができない。

「ではゆっくり行こう。雷も少し遠くになったようだ。ニコ。カリスタが探しているといけない。サクラは私と一緒にいると伝えてくるように」

ディオンはニコに指示を出すと、桜子の肩を抱きながら、渡り廊下を進んだ。

後宮の自分の部屋へ連れていかれるのかと思いきや、桜子は初めて、ディオンの私室がある宮殿の二階へ足を踏み入れた。

宮殿の門のように、やはり青、黄、緑が鮮やかなタイルの壁や廊下が美しい。桜子はインテリアなどに詳しくはないが、トルコや中央アジアのタイルを見たことがあり、うろ覚えだがそれとよく似ている気がした。

ディオンが桜子を連れてきたのは娯楽室ではなく、私室の居間だ。部屋に入っても、彼女の肩から手を離せないでいた。

「ディオンさま。早く湯浴みをするか、乾かさないと風邪をひかれます」

「困ったな。桜子から離れたくない」

桜子の肩からは腕が外されたが、手は握られたままだ。甘く笑みを浮かべるディオンに桜子の気持ちが揺らぐ。

(ここにいるのは、ザイダの件のお礼と謝罪のため。ディオンさまの魅力に流されて

はダメ）

桜子は自分に言い聞かせてから、ディオンに握られている手を顔の前まで持ってきた。そしてもう片方の手を重ねる。

「ディオンさま。ザイダのこと、ありがとうございました。信じていなかった私を許してください」

まっすぐにアメジスト色の瞳を見つめて口にした。それから、わざとらしくならないよう、ディオンの手から両手を外す。

そんな桜子との心の距離をディオンは悟る。

（サクラの心の壁は、まだ崩せないようだ……）

フッと笑みを浮かべた。

「サクラ、謝る必要はない。そなたの望みはなんでも叶えてやりたいのだ」

「ディオンさま……なにも持っていない……迷惑ばかりかけている私にそう言ってくださり、ありがとうございます」

「そのように身構えられると……悲しいな。権力を使ってサクラを意のままにしようなどとは思っていないから、安心しろ」

ディオンは桜子の気持ちをくみ取っていた。無理強いはしたくない。

「そんなこと……」

桜子は自分がディオンに惹かれていくのが怖いのだ。彼の魅力はどんどん桜子を惹きつけていく。

「私はサクラのことをもっと知りたい。今日から毎晩、夕食を一緒に」

「ええっ⁉　夕食を、毎晩……？」

驚きを隠せない桜子だ。

「無理なときもあるが、できるだけサクラと食事をして、たくさん話をしよう」

「……わかりました。私もいろいろ教えてほしいです」

元の世界へ戻れるかわからない。この世界のことを吸収して、自立しなくてはならない。このまま宮殿にいられるかもわからない身の上なのだ。

その日の夕食から、桜子はディオンと、娯楽室の隣にある部屋で食事をすることになった。

いつもひとりか、カリスタがときどき一緒というくらいの寂しい夕食だった桜子は、ディオンとの時間を楽しむ。

この部屋はテーブルが低く、色とりどりのクッションの上に座って食事をする。

ディオンはベルタッジア国の歴史から、今はどうやって民が生活しているかまで、桜子が知りたがることを丁寧に示教してくれた。

桜子は自分がいた世界や家族の話をするときは、寂しそうな表情をふと見せてしまうため、ディオンはその話は避けたかった。

（まだ私では、彼女の寂寥感《せきりょうかん》を払拭できない……）

桜子自身、その話をするときは暗くならないよう極力明るくするのだが、ディオンにはわかってしまう。

そんなとき、ディオンは自分の席を立って桜子の隣に腰を下ろし、肩を抱き寄せて甘えさせてくれる。

ディオンの優しさに触れていくうちに、桜子は心を完全に許した。それをはっきりとは口にできなかったが、彼の姿が見えない日は会いたくて仕方なくなっていた。

ザイダは献身的に桜子に仕えてくれている。桜子に再び危害を加えないか心配していたカリスタも、そんな彼女を見直してくれたようだ。

「サクラさま。カリスタさまからプラムをいただきました。泉につけていたので冷えていますよ」

桜子は、『さま』をつけて呼ばれる身分ではないから呼び捨てにしてほしいと何度も頼んだが、殿下が寵愛《ちょうあい》している方なので、とザイダは取り合ってくれない。

「真っ赤で美味しそう！　ここに座って！　一緒に食べましょう」

ザイダが抱えるようにしている籠に、食べきれないほどのプラムがある。

「ええっ！　私のような者が、サクラさまとご一緒に食べることなどできません！」

テーブルに籠を置いて急いで離れようとするザイダを、桜子は慌てて引き止める。

「ザイダっ！　そんなことないわっ……」

俯いてしまい、困った様子のザイダに、桜子は考える。

「……命令よ。一緒に食べなさい」

強く言いたくはなかったが、そうでもしなければザイダは一緒に食べてくれない。

ビックリした顔のザイダだ。

「お願い。こんなにたくさんあるんだもの。カリスタもきっと、ザイダの分も用意してくれたんだと思うの」

ザイダはおそるおそる桜子の近くへ戻ってくる。

「座って」

桜子は斜め前の椅子の背を叩いて勧めた。できれば友達のようになりたいと思っており、腰を下ろして食べ始めてくれたザイダに、笑みが深まった。

ディオンと夕食を共にするようになってから二週間。桜子がこの世界へ来て一ヵ月以上が経っていた。

桜子を警戒していたラウリも、ふたりが一緒に食事をするようになった頃から態度を和らげている。仕えるディオンが幸せそうだからだ。

夕食の時間になり、桜子はいつものように娯楽室の隣の部屋へ赴いた。食事後は娯楽室でディオンが楽器を弾いてくれるときもあった。

「まだ来ていないんだ……」

早すぎたのかもと思ったが、いつものようにテーブルの上には料理が用意されている。そこへ、娯楽室へ通じる部屋の扉からディオンが現れた。

「サクラ。待たせたな」

今日ディオンと会うのは初めてで、どこかへ出かけているとエルマから聞いていた。外出から戻った後に湯浴みを済ませた彼の金色の髪は、まだ少し濡れており、濃い色味である。

「いいえ。今来たばかりです。おかえりなさい」

艶っぽいディオンに、桜子は心臓をトクンと跳ねさせる。

(視線まで色っぽい気がしちゃう……)

ディオンにいつまで抵抗できるのか、桜子自身わからない。もうすでに恋に落ちている。

だが、別れがいつか訪れるかもしれないのだ。突然ここへ来たときのように、元の世界へ気がついたら戻っているかもしれない。

そのときがいつ来てもいいように、ディオンとは一線を引いている。

「よかった。座ろう。サクラにおかえりなさいと言ってもらうのはいいな」

ディオンに腰を下ろすように勧められたときだった。乱暴に廊下側の扉が開き、黒い服を着た男ふたりが入ってきた。

黒ずくめの男たちは剣を持っており、先端から血がしたたり落ちている。

桜子は驚愕《きょうがく》して、その場に固まる。忍者のように顔に巻いた布から目だけを出した侵入者たちは、鋭い目つきでディオンを見た。

「サクラ！」

ディオンは桜子が見たこともない俊敏な動きで、彼女の前に立つ。

「逃げろ。あの者たちは私が目的だ」

「でもっ！」

ディオンの背に庇《かば》われている桜子。本物の剣は初めて見る。しかも血がついている。

誰か宮殿の者がやられたのだろう。

腰が抜けそうなくらいに怖かったが、このままでは自分たちも殺されてしまう。自分はディオンより戦えるのではないかと、桜子の脳裏に考えが巡った。

その間にも黒ずくめの男たちは、ディオンを切りつけようと剣で襲いかかる。

「っ！」

ディオンは桜子を背に、剣を避けながら扉のほうへ移動する。そして、桜子は扉に向かって突き飛ばされた。

「ディオンさまっ‼」

桜子から離れ、武器を持たないディオンは剣を素早い動きでかわし続けている。

テーブルに用意されていた料理が床に散らばる。

彼の無駄のない動きを、恐怖と戦いながらも必死な桜子は不思議に思わず、助けなければと考えた。

（私ならできる！　なにか棒は……）

実際の剣と交えたことはないが、ディオンを助けたいという気持ちが湧き起こる。

「サクラ！　早く逃げろ！」

この部屋には武器はなく、ディオンは桜子を逃がすことだけしか考えられない。桜子に気を取られている彼に、侵入者が剣を振り下ろす。

「きゃーっ！」

ディオンの危機に桜子は叫んだ。ひらりと彼は剣をかわす。

しかし、次から次へとディオンを襲う黒ずくめの男たち。

（私が戦わなければ、ディオンさまが殺されてしまう！）

桜子の背に、今は使われていない暖炉のようなものがあり、その横に置かれた鉄製の火かき棒が目に入った。

「サクラ⁉　早く逃げろと言っている！　なにをしている⁉」

火かき棒を手にして、黒ずくめの男の背後へ回った桜子に、ディオンは驚く。

「やーっ！」

「サクラ！」

桜子は思いっきり、敵の頭に火かき棒を振り下ろした。見事、黒ずくめの男の後頭部を叩き、敵の動きが止まる。

続いて男の首に火かき棒を思いっきり振った。桜子の攻撃を受けた男は、ガクッと膝から崩れ落ちる。

ディオンに剣を向けていた男は、仲間を倒され、今度は剣を桜子に向けて襲いかかろうとした。

「サクラ！」

男の剣が、防御する桜子の火かき棒をはじき飛ばした。

「きゃっ！」

ものすごい力で桜子は床に転がされる。ディオンは素早く火かき棒を手にして、桜子の前に飛び出した。すんでのところで、彼女を襲う剣を火かき棒で防ぐ。

「殿下っ！」

そこへラウリとニコが血相を変えて現れ、黒ずくめの男と剣を交え始めた。衛兵らもディオンと桜子を守るため、ふたりの周りをぐるりと囲む。

「サクラ、怪我は⁉」

床に飛ばされたりしたせいで打ち身はあるかもしれないが、今はどこも痛くない。ディオンのほうが心配である。

「ディオンさまはっ、大丈夫ですか⁉」

桜子はそっと立たされた。そこで衛兵の壁がなくなり、ラウリとニコがディオンの前に膝をついて首を垂れる。

「殿下。遅くなり、申し訳ありませんでした」

ラウリとニコが遅れたのは、衛兵数人が何者かに殺された、と報告を受けていたからだ。

「殿下のそばを離れるべきではありませんでした」

謝罪するふたりの向こうで、黒ずくめの男ふたりが床に倒れていた。その周りに毒々しい血が広がっている。

その光景を目の当たりにしてしまい、桜子は喉の奥から「ひっ！」と絞り出すような声を漏らした。

「サクラ？」

支えていた身体が小刻みに震えだしたことに気づいたディオンは、桜子を見る。彼女の顔がみるみるうちに紙のように蒼白《そうはく》になる。

（死んでいるの……？）

そこで桜子は悟る。この世界では平気で人を殺せるのだ、と。

殺人事件はテレビの中の出来事だと思っていた。人が切られて死んだのを見たのは初めてで、急に胃から込み上げてくるものがあった。

「うっ！」

口に手を当て、急いでディオンから離れて扉に向かう。

　突然駆けだした桜子の後を追ったディオンは、庭に出たところで、彼女が吐いて嗚《お》咽《えつ》を堪えているのを目にする。

「来ないでっ！」

　桜子は吐いている姿をディオンに見られたくなかった。

「サクラ……そうなるのも無理はない」

「うう……」

　胃の中が空っぽになっても、せり上がってくるものがある。ディオンの手が桜子の背中に添えられた。

「部屋へ行こう」

　茫然自失の桜子は、ディオンに立ち上がらされる。ディオンは足元がおぼつかない彼女を抱き上げると、後宮の部屋へ向かった。


　桜子の部屋ではザイダが控えていた。宮殿の騒ぎを心配している。そこへカリスタとエルマもやってきた。

「サクラ！　大丈夫かい⁉　恐ろしい目に遭ったんだね」

　ディオンに座らされた桜子にカリスタは近づく。

「ザイダ、水と器を！」

急いで用意をしたザイダは、桜子の口に水を含ませ、器に吐かせる。

口をすすぎ、ようやく落ち着きを見せ始めた桜子に、見守っていたディオンが口を開く。

「サクラ。今日のことは忘れるんだ。そなたにはショックが大きすぎた」

「ディオンさま……お怪我はないですか……？」

心配をする桜子の頬に指で触れる。ディオンの手に彼女の震えが伝わってきた。

あれほど稀有《けう》で恐ろしい体験をした桜子だが、気丈なところを見せている。抱きしめて安心させてあげたいが、一線を引かれているのを充分わかっているディオンは、見守るだけに留めていた。

「どこも怪我はない。そなたのおかげだ」

「殺されるかと……。あの男たちは……？　ディオンさまは、いつも狙われているのですか？」

常にラウリとニコが影のように護衛についているのは、ディオンが皇子という立場のせいで命の危険にさらされているからだとは、桜子は思ってもみなかった。

「そうだな……ああいうことはよくある。最近はなかったが」

「ここでは……人が、簡単に……殺されるんですね？」

直面した出来事は到底、桜子がすぐ消化できるものではない。今でも、倒れていた男から流れる真っ赤な血が頭から離れない。

「ああ。ここはそういう世界だ。そなたには酷だが……」

（今後またこういうことがあるかもしれない。サクラには慰めも必要だが、わかってもらわなければ）

桜子は小さくため息を漏らした。

「……そうですよね……郷に入っては郷に従えという諺《ことわざ》があります。この世界にいるのだから、受け止めなきゃ」

「ゴウニイッテハ？　コトワザ？」

ディオンは初めて聞く言葉に首を傾げる。

「はい。国や場所によって風習や価値観が違うので、そこに入ったら従うべきだと、私の世界では言われています。そういった教訓などの文言を諺というんです」

桜子の説明に、ディオンは感慨深げに頷いた。そこへエルマが近づいてくる。

「殿下。サクラさまの湯浴みの支度ができました」

「サクラ、湯浴みをしてきなさい。エルマ、ザイダ。サクラにしっかり仕えるんだ」

「もちろんでございます」

ふたりは両手を身体の前でクロスさせ、膝を折る。

ディオンは桜子を立ち上がらせると、「ゆっくり休むんだよ」と言い、先に部屋を出ていった。

「サクラさま、ご案内いたします」

エルマに言われて、桜子は首を傾げる。

「ご案内って、大丈夫です。他の仕事をしてください」

湯殿にはいつもひとりで行っている。案内されるほどのことでもないと、首を横に振った。

「いいえ。殿下は、後宮の湯殿を使用するようにとのことでした」

「ええっ？　わざわざ用意を……」

使われていなかった後宮の湯殿と聞いて、驚く。

「行きましょう。ザイダがお手伝いいたします」

（後宮の湯殿は、ザイダに手伝ってもらわなければならないようなところなの？）

不思議に思いながらエルマについていく。ザイダが後ろからやってくる。

広い後宮の奥まった場所に湯殿があった。いつも使っている使用人専用の湯殿へ行くのに比べると、距離はこちらのほうが近い。

中へ入った瞬間、桜子は感嘆の声を上げた。

美しく色彩豊かなタイルと、金や銀、色とりどりの宝石が埋め込まれた虎のような置き物。お湯が流れ出る口は蛇で、目の部分は大きなエメラルドの宝石。見たことがないほどの豪華なところだ。

「ここが……後宮の……」

あまりにもすごい内装で、呆気に取られる。

「では、ザイダ。サクラさまを頼みますよ」

エルマは桜子をザイダに託して、湯殿を出ていった。

「私も初めて入りますが、さすが後宮の湯殿でございますね。皇妃さまがお使いになるのですから当たり前ですね」

ザイダも驚きを隠せないようだ。

「皇妃さまが……そうよ、私が使ってはいけない場所だわ」

「サクラさまっ。いいえ！　そんなことはありません。先ほども、しっかり仕えるように、と。殿下がそう指示をされたのですから、サクラさまは皇妃扱いなのです」

ザイダは顔を紅潮させて興奮気味に伝えた。

「皇妃扱い？　そんなわけないわ。きっとディオンさまは気の毒に思って、ここを使わせてくれることにしたのよ……ご厚意に甘えて、入ろう……」

ディオンの気持ちをくみ取って、桜子は服を脱ぎ始めた。


その夜。桜子の部屋にはエルマとザイダが付き添っていた。ひとりになって不安にさせないようにとのディオンの命令である。

桜子は横になって目を閉じた。すぐに黒ずくめの男たちが思い出される。脳裏から追いはらいたくて寝返りを打った。

そんな桜子の耳に、美しい音色が聴こえてきた。ディオンが楽器を弾いているのだ。

（ディオンさまも、気持ちを落ち着けたくて弾いているのかな……。それとも……私のため？　ううん。いつも弾いているもの。でも、この静かな曲が私の心を癒してくれている……）

まるで子守歌のような曲を聴きながら、桜子はスーッと眠りに落ちたのだった。

一夜が明け、目を覚ました桜子は、襲われたときのディオンの身のこなしをふと思い出した。

侵入者の剣をかわしていたディオン。楽器ばかり弾いている者にはできない動きだった。しかも、桜子を庇いながら剣を避けていた。

「いくらいつも狙われているからって、あの動きは無理じゃ……」

寝台の上で身を起こした桜子に、ザイダが近づく。

「サクラさま、おはようございます。ぐっすり眠れたようでよかったです」

ひと晩中、桜子の様子を見守っていたザイダは笑みを浮かべる。

「ザイダ、おはよう」

「あの動きは無理って、いかがしましたか？」

桜子のひとりごとがザイダに聞こえており、不思議そうだ。桜子は部屋の中を見回す。エルマはいなかった。

「……ザイダは宮殿で働きだして、どのくらい？」

女官だからディオンのことを聞いても知らないだろうと思ったが、聞いてみる。

「三年ほどになります」

なぜそんなことを言われるのかわからず、ザイダはキョトンとしている。

「ディオンさまは強い……？　剣を持って戦える？」

「えっ？　殿下が……？　おそらく違うかと……。楽器以外のものを持たれているのを見たことはありません」
ザイダの返答は、桜子の疑問をさらに深めた。
（そんなはずは……必死に逃げようとしたから、あんな動きに……？）
「サクラさま。殿下はサクラさまが寝入った後も、しばらく弾き続けてくださってい
ました」
眉根を寄せた桜子にザイダが言った。
「あれは私のためじゃないわ。ディオンさまは気持ちを落ち着けたかったのよ」
そう言いきると、ザイダは思いっきり首を横に振る。
「いいえ！　サクラさまのためにお弾きになっていたのです。そうでなければ、窓の
下でお弾きになるはずがありません」
「えっ⁉　ディオンさまは窓の下で弾いていたのっ⁉」
驚いて桜子は目を丸くした。
「はい。最初は別のところでお弾きになっていたようですが。本当に、殿下はサクラ
さまを大事に想っていらっしゃいますね」
ザイダはにっこりと微笑んだ。

朝食後、桜子はディオンに会いに宮殿へ行った。いまや桜子が宮殿に出入りするのを咎《とが》める者は誰もいない。

薄い桃色のヒラヒラした衣装が足にまとわりつき、急ぎ足だと転びそうになるが、構わずディオンの姿を探した。

「サクラさま、いかがいたしましたか？　昨日は大変でしたね」

政務室からイアニスが出てきて、桜子の後ろ姿に声をかけた。

「あ！　イアニスさまっ。ディオンさまを探しているのですが、どちらにいらっしゃいますか？」

イアニスに聞いたとき、政務室の扉が開いてディオンが顔を見せる。桜子を見て、彼は口元に笑みを浮かべた。

「サクラ。そなたから会いに来てくれるとは。どうしたのだ？」

桜子はなにも言わずにディオンの腕を掴むと、ゆったりとした長衣の袖を上のほうにめくった。

「サクラ？」

桜子の突拍子もない行動に驚いたディオン。そばにいたイアニスも絶句している。

「な、なにをなさっておいでで？」

我に返ったイアニスが、桜子の手を離そうとする。

「やっぱり！ ディオンさま、鍛えていますよね？」

袖の下の腕は、ニコとラウリを除き、桜子が知る限り今まで会った中で一番の筋肉質であった。それから桜子は、ディオンの利き手である右手を目の前に持ってきて、まじまじと見つめる。

「……ここも」

右手の人差し指の下のところが硬くなっていた。

ディオンはフッと笑みを漏らすと、そのまま桜子と手を繋ぐ。

「そなたには隠しておけないな。話をするからついてきて。イアニス、出かけてくる」

桜子の手を引いて、宮殿の門へ向かう。

「どこへ行くのですか？ 話ならここでも――」

「遠乗りをしよう。私の好きな場所へ連れていく」

門まで来ると、ディオンのところへ門番の兵とは違う男が駆け寄ってきた。

「馬を」

馬番らしき男は急いで戻り、ディオンの愛馬を連れてきた。そしていつの間にかラウリとニコも一緒にいる。

「ディオンさま。私は馬に乗ったことがありません」

近くで見る馬は意外と大きい。

「大丈夫だ。決して落とさない」

ディオンはひらりと身軽に騎乗してから、桜子に手を差し出す。彼の手を掴んだ瞬間、桜子は引っ張られ、ふわりと前に座らされた。

最初は初めての乗馬に身を硬くしていた桜子だが、ディオンに守られ、馬の揺れに身をゆだねているうちに楽しくなってきた。

そして街から林までの景色を初めて目にして、興味深げに眺める。ときどき耳元で説明するディオンの声がくすぐったい。

（なにを話してくれるのだろう……？）

ディオンの話の内容が気になっていた。

林を抜けて、桜子の目に飛び込んできたのは、青に白を少し混ぜたような美しい色の海だった。

潮の香りに包まれ、毎年行っていた桜子の母方の実家の海を思い出した。だが景色はまったく異なり、どう見ても日本の海の色ではない。

「とても綺麗な色！　ディオンさま、あれは海ですよね？」

馬の足を停止させたディオンは、軽やかに降りると桜子を馬の背から抱き留める。

「海を知っているのか。向こうで塩を作っていて、それが我が国の宝でもある」

ディオンが指差した方角を見ると、ピンク色が広がる土地が見えた。

「向こうですよね……？　塩って、白くないのですか？　ピンク色に見えます。日本にもピンク岩塩っていうのが売っていたけど……」

「我が国の塩はピンク色だ」

「可愛い色……」

納得した桜子は、背の高いディオンを仰ぎ見る。

「では、ディオンさま。話してください」

「忘れていなかったのか。正直に話そう。座って」

丸太の上に腰を下ろした桜子の隣にディオンが並ぶ。ラウリとニコは少し離れたところで辺りに注意を向けていた。

「……亡くなった母から、国政に関わらないよう、物心がついたときから言い聞かされていたんだ」

「皇子さまなのに……」

淡々と話し始めたディオンに、桜子は首を傾げる。

「私は、現皇帝ルキアノスの子供ではないんだ。母は前皇帝の妃だった。ルキアノスは皇帝という地位と、絶世の美女とうたわれた母を欲し、父を暗殺したんだ」

ディオンの美しい顔が憎しみに歪む。それは想像もしていなかった驚く内容で、桜子は言葉が出てこない。

「ルキアノスが母を娶《めと》ったとき、すでに私がお腹にいた。母は私を守ろうと、国政に関わらないようずっと言い続けていた」

黙って耳を傾ける。

「なぜそんなことを言うのか当時は理解できなかったが、私は素直に音楽や絵を学んだ。母が病気で亡くなる数日前に、私の父が前皇帝で、ルキアノスに殺されたことを話され、初めて父親が誰なのか知った。私が十四歳のときだ」

実の父親を、今の父親に殺された……壮絶な話を聞いて桜子の心が痛くなった。

「十五歳になり、アシュアン宮殿へ移り住んだ頃から刺客が現れ始めた。母が亡くなり、ルキアノスは私が目障《めざわ》りになったんだろう」

「じゃあ、昨日の男たちも……？」

ディオンはフッと微笑んで頷く。

「そう。もう五年も狙われ続けている。私が無事に生きていられるのは、ラウリとニコ、宮殿の者たちのおかげだ。しかし、それに甘んじて生きてはいられない。密かに身体を鍛え、刺客に殺されないように強さを身につけたんだ。サクラはよくわかったな？」
「あのときは気が動転してわからなかったけれど、今朝起きたら、ディオンさまの動きが俊敏だったことに気づいたんです」

五年間も狙われ続けている生活はどんなに大変だったろうと、桜子の顔が歪む。

「昨日のことでは、そなたを大変恐ろしい目に遭わせてしまった。私が刺客を処理するわけにはいかないんだ。宮殿内にルキアノスの手の者がいる。捕まえれば、なにかを悟られているとルキアノスが思うだろう。まだ手の内は見せられないんだ」

「これからもずっと……狙われ続けるんですか……？　どうして皇帝は執拗に狙わないとならないのですか？」

刺客にディオンが殺されるところを想像してしまい、胸がひどく痛み、手を置いた。

「私が前皇帝の息子で、正統なベルタッジアの皇子だからだ。ルキアノスは前皇帝の妹・ララ皇女の夫だった。ララ皇女が病気で亡くなり、皇帝の地位と私の母を奪ったんだ」

ディオンの指先が桜子の顎に触れる。アメジスト色の瞳が、彼女の黒曜石のような瞳と視線を合わせる。桜子の目頭は熱くなり、瞳に涙が溜まっていた。

「そんな顔をするな。私は大丈夫だ。しかし昨日のサクラには驚かされたな。本当に勇気があり、強い」

「……ここでは簡単に人が死ぬんだと、ショックを受けました。でも、平気です。私、もっと強くなりたいです」

「えっ⁉」

ディオンの細められていた双眸が、驚きで見開かれる。

「馬にも乗れるようになって、ディオンさまの足を引っ張らないようになりたいです」

「サクラ……」

桜子の言葉で、今まで苦労続きだったディオンのすさんだ心に温かいものが流れる。

そのまま彼女を抱きしめた。

「そなたはなんと素敵な娘なんだ。力が湧いてくるようだ。神がそなたをよこしてくれたのだと思う。私はサクラが好きだ」

桜子の唇が、優しくディオンの唇に塞がれた。前にキスされたときと違い、もっと深く繋がる口づけに、桜子は戸惑いながらも応える。

濃密なキスがやむと、恥ずかしくてディオンの顔が見られない状態だった。

「サクラ。そなたも私が好きだと思っていいか？」

桜子はコクッと頷く。

「よかった。そなたのことは私の命に代えてでも守る」

「……ディオンさまになにかあったら、私はこの世界で生きていられません」

真っ赤になりながらそう口にした桜子を、ディオンは抱き上げた。

「きゃっ！」

桜子はディオンの肩に手を置く。小さい頃に父親にされたような『高い高い』に近い抱き方だ。

「可愛すぎて、そなたをここで抱きそうだ」

「ディオンさまっ！　お、下ろしてください。う、海の近くへ行きたいです」

今まで異性と付き合ったことがなく、父親と教師以外、周りは女性ばかりで恋愛に疎かった桜子は、困惑してしまった。

そんな桜子にディオンは微笑み、静かに下ろす。

「私よりも海か？」

「せっかくの海ですから」

わざと拗《す》ねるディオンの手を桜子は引っ張り、海へ向かう。

砂浜はほとんどなく、見た目は湖のようである。際に立ち、しゃがんで海に手を入れてみた。

「そんな前のめりになると、海に落ちる」

「ここは深いのですか？ 生き物は住んでいますか？」

濁ったような青白い海に、興味津々の桜子だ。

「いや。この海はかなり塩の濃度が濃い。生き物は住めない。深さはあるが――」

「浮くんですね⁉」

「よくわかったな。あっ！ サクラっ！」

アラビア半島にある死海のような海なのだと知った桜子は、思いついたことを行動に移していた。ディオンが答えているうちに海に飛び込んでいたのだ。

水しぶきが上がり、ディオンの顔にもかかる。

「きゃーっ！ 浮くわ！ 楽しいっ！」

海のしょっぱさに顔をしかめながらディオンに手を振る。そんな無邪気な桜子に、ディオンは呆気に取られる。ふたりから離れていたラウリとニコも、何事かと駆け寄ってきた。

「殿下っ。助けに！」

ニコが海へ飛び込もうとしたが、ディオンが笑いながら制止する。

「大丈夫。楽しいみたいだ」

ぷかぷか浮いている桜子に、ディオンはラウリとニコが見たことのない笑みを浮かべていた。

「あんなことをする娘は、初めて見ました」

ラウリはディオンの表情とは反対に唖然《あぜん》としている。そんな護衛ふたりを横目に、ディオンも海へ飛び込んだ。

「ああっ！　殿下っ！」

ふたりは後を追って海へ飛び込もうとしたが、ディオンと桜子があまりにも無邪気に楽しんでいるのを見て、その場に留まった。

第四章

ふたりは濡れながら馬に乗った。桜子は衣装を絞ったとはいえ、びしょ濡れ状態。さらに塩でベタベタしている。

(ディオンさまも不快感いっぱいなんだろうな……私は楽しかったけど……)

後ろから抱きかかえるようにして手綱を持つディオンを振り返る。

「どうした？」

桜子の懸念に反して、ディオンは楽しそうな顔で彼女に問いかけた。

「びしょ濡れで気持ち悪いですよね？　ごめんなさい……」

自分の身体が生ぐさい気もして、桜子は顔をしかめた。

「そなたが気にすることはない。あんなに遊んだのは初めてだ。とても有意義な時間だった」

濡れた服は着心地が悪いが、ディオンは上機嫌だった。

「サクラといると、いつもと変わらない景色も違うもののように見える。人生はこんなに楽しかったんだと、今日初めて知った」

「ディオンさま……」

　複雑な環境という言葉では足りないほどの、壮絶な年月を送ってきたディオンだ。桜子が彼の人生を理解できるようになるのはまだまだ先だろうが、海で遊んだことをこれ以上ないほど楽しんでくれたディオンに胸が痛む。

「サクラ。なにも気にせずに、そなたがやりたいことをやりなさい。そなたが笑ってくれれば私は嬉しい」

　ディオンは馬を走らせながら、身を屈めて桜子の頬にキスを落とした。

　街に入り、青いタイルが美しい宮殿の門が見えてきた。しかし、門前はいつもと様子が違う。

　大きな車輪が四つあるふたり用の馬車と、十数頭の馬がいた。ラウリが手綱を引き、ディオンに近づく。

「殿下。あれはイヴァナ皇后の馬車ではないでしょうか？」

「確かめてくるんだ」

「御意」

　ラウリはスピードを上げて門へ向かった。

ディオンに緊張が走ったのがわかり、桜子は胸騒ぎを覚える。

(イヴァナ皇后って……ルキアノス皇帝の今の妻ってことよね?)

門に向かったラウリが戻ってきた。

「馬車には皇后の使いの者と、ダフネ姫が乗ってきたとのことです」

ラウリの報告に、ディオンは少し考えを巡らせる。

「……サクラ、少し厄介なことになりそうだ。ニコと一緒に戻って。疲れただろう。ゆっくりしていなさい」

危惧しつつ、ふと桜子から視線を上げた。

「ディオンさま〜」

門のほうからヒラヒラと手を振っている女の子がいる。

豪華な衣装をまとったその女の子は、馬に騎乗したディオンの前に見たことのない容姿の娘が座っているのがわかると、駆けだした。

「彼女のことは気にしないで」

そう桜子に耳打ちしたディオンは、深いため息を漏らしたのち、馬をゆっくり進ませ、きらびやかな衣装を身につけた女の子の横で停止させた。

手を振っていたのは、ダフネ・カッチャ。桜子と同い年の十八歳だ。

イヴァナ皇后は、ディオンより三歳年下である第四皇子の母だ。そして、ダフネ姫はイヴァナ皇后の兄の娘。娘がいないイヴァナ皇后にとって、ダフネ姫は目に入れても痛くない存在の姪《めい》である。

ディオンの馬に一緒に乗っている桜子を見て、先ほどは上機嫌だったダフネ姫の顔が、みるみる不機嫌になる。

「ディオンさま！　その汚らしい娘は誰ですのっ⁉」

幼さを残す顔立ちのダフネ姫は、おぞましいものを見るような嫌そうな目つきで桜子を見据える。

「これは、これは。ダフネ、突然どうした？」

ディオンは桜子が出会った頃の、女ったらしだと思ったときの極上の笑みを浮かべてから馬を降りる。

馬上は桜子だけになり、すかさずニコが手綱を持つ。一瞬、馬上でひとりになってしまいどうすればいいのかと思った桜子だが、ニコの手にホッとした。

しかし次の瞬間、ダフネ姫がディオンに抱きつくところを見てしまい、なんとも言えない嫌な気持ちになった。

（あの女の子は……ディオンさまが好きみたい）

ダフネ姫はディオンの腕にぶら下がらんばかりだ。そんなふたりは宮殿に向かって歩きだす。

　ダフネ姫は歩きながら後ろを振り返り、口を開く。

「ディオンさまっ。あの娘は何者なのですか？」

　まだ桜子が気になるダフネ姫は、しつこく聞いてきた。

「遠い異国の娘で、宮殿に滞在している」

「ディオンさまのお近くにいるなんて、嫌だわ」

　彼女は素直に気持ちを口にする、甘やかされた姫だった。そこでディオンが濡れていることに気づく。

「まあ！　濡れていますわ！」

「湯浴みをしてくる。謁見の間で待っていなさい」

　ディオンは丁寧に断り、彼女を迎えに来ていたカリスタに頼んだ。ダフネ姫は渋々カリスタについていく。

　カリスタと一緒にイアニスもおり、ディオンに近づいた。そして、濡れている姿に目を丸くする。

「いかがなさったのですか？　海に落ちたのでしょうか？」

「海に落ちたんじゃない。海で遊んだんだ。それよりも……」

ディオンは海での楽しかった時間を思い出し、小さく微笑むと、すぐに真面目な表情になった。

「イヴァナ皇后の使者がお待ちですが、私にはなにも話しません。ディオンさまに直接、と」

ディオンの綺麗な形の眉が、ギュウッと寄せられる。

（嫌な予感がする……）

「まずは湯浴みだ」

ディオンはその場にイアニスを残し、湯殿へ向かった。

一方、ディオンが行ってしまった後の桜子は、馬上でふたりの後ろ姿を目で追っていた。

「サクラさま、馬を動かします。手綱をお持ちください」

「ありがとうございます」

ニコは宮殿の門まで、自分の馬と並行させてゆっくり馬を歩かせる。そして自分の馬から降りたニコに手を差し出され、桜子も降りた。

ニコは桜子に付き添い、後宮へ送り届けてから離れていく。

日差しが強く、海水に浸かった肌はピリピリしていた。

(なにも考えず海に飛び込んだのは、子供っぽかったわね……でも、ディオンさまが一緒に楽しんでくれたからよかった)

ダフネ姫のことを考えないようにする桜子だ。

「おかえりなさいませ」

ザイダが出迎える。桜子の髪の毛や衣装が濡れていることに、「まあ！」と口を大きく開く。

「どうなさったのですか!?　お怪我はっ？」

桜子が怪我をしていないか確かめようと、ブラウンの瞳を忙しく動かした。

「海で遊んだの。泳ぐのは難しかったけど、浮かぶからたっぷり遊べたわ」

桜子は楽しかった海を思い出し、笑みを浮かべる。

「海に？　私たちは海の中に入って遊んだりしませんのに……殿下はその間どうされていたのですか？」

「ディオンさまも一緒に海の中に入って遊んだわ」

ザイダはビックリした顔になった。

「殿下が海の中で……？　遊んでいるところなんて想像がつきません」

「フフッ」

確かに、優麗な第三皇子が子供のように海で遊ぶなど、考えられないことだろう。ディオンは桜子と戯れていた。ときどきする触れるようなキスはしょっぱくて、ふたりはそのたびにクスッと笑みを漏らしていた。

そこへエルマもやってくる。

「湯殿の用意ができています。上がったら、昼食をお召し上がりください」

昼食にしては、二刻ほど遅い時刻である。海に入ったせいでいつもよりお腹が空いている桜子だ。

「ありがとうございます」

エルマに案内されたのは、後宮の湯殿だった。


海水でベタベタだった全身がさっぱりして、桜子は湯殿から上がった。ザイダが身体を洗ってくれるというのを丁寧に断り、ひとりでのんびり入ったのだ。

湯殿から上がって大きな布を巻いただけの桜子を、ザイダが待っており、隣の部屋へ案内される。

「こちらへ寝てください。香油を塗らせていただきます」

ザイダはにっこり笑って、桜子に寝台を示した。

「こ、香油っ？　う、ううん。着替えるだけでいいのっ」

桜子は首を左右に振って断る。

「いいえ！　エルマさまからのご指示です。殿下から、サクラさまは日焼けをしてしまったので香油を塗るように、とのことでございました。女性のことがおわかりになるとは、殿下はさすがでございますね」

桜子は頬に手をやる。確かに湯上がりとは関係なく、熱を持っている。身体のケアをしなかったら、皮がむけて恥ずかしい顔になってしまうかもしれない。

「……じゃ、じゃあ……お願いします」

まな板の上にのる鯉《こい》のような気分で、寝台に寝そべった。

湯殿でも、香油を塗られているときも、そして食事をしているときも、桜子はディオンのことを考えていた。

（あのとき、少し厄介なことになりそうだと言っていた……。厄介なことって、なんだろう……）

ディオンを慕うダフネ姫が気になっていた。

そこへ、大きな葡萄を持ったカリスタが部屋へ入ってきた。ぼんやりと食事をしている桜子は気づかずにいる。

カリスタはその様子を少し見ていたが、桜子の目の前に立った。

「海は楽しかったようだね」

「カリスタっ！　気づかなくてごめんなさい」

「海で遊んだから疲れたんだろう」

笑みを浮かべた桜子の対面に座る。自分が入室したこともわからなかったのは、ダフネ姫のことが気にかかるからだろうと推測するカリスタだ。

「おや。象牙のようなきめの細かい肌なのに、日に焼けているじゃないかっ。まったく。ディオンさまも一緒に海に入るなんてどうかしているよ。痛くないかい？」

「ザイダが香油を塗ってくれたので、大丈夫です」

「そうかい。我が国の香油は天下一品さ。すぐに元の肌に戻るだろうよ。サクラ、葡萄が美味しいよ。たくさん召し上がれ」

カリスタに勧められ、桜子は葡萄をひと粒房から取り、嬉しそうに口にした。

ダフネ姫とイヴァナ皇后の使者を待たせていたディオンは、身支度を済ませて謁見の間へ入った。イアニスやラウリ、ニコも一緒である。

玉座に座ったディオンの前に、イヴァナ皇后の使者の男とダフネ姫が進み出る。

「ベルタッジア国、第三皇子ディオン・アシュアン・ベルタッジアさま。ルキアノス皇帝から勅命《ちょくめい》でございます」

使者は片膝を床につき、頭を深く下げる。その隣でダフネ姫は立ったまま微笑みを浮かべていた。

「皇帝からの、勅……命?」

ディオンの嫌な予感は的中していた。

勅命は『ダフネ・カッチャを娶り、アシュアン皇妃にすること』だったのだ。

斜め横に控えていたイアニスが、小さく息を呑む。そんなふたりの様子を気にも留めず、ダフネ姫は満面の笑みで一歩進み出る。

「ディオンさまっ。これからディオンさまを支えて、いい妻になれるように努力いたしますわ!」

以前からダフネ姫はディオンに好意を抱いていた。彼の妻になる望みが叶い、天にも昇る気持ちだ。

(ルキアノスは、いったいどういうつもりなんだ……?)

ルキアノス皇帝から命を狙われているディオンだ。それが、宮殿でもルキアノス皇帝の次に権力のあるイヴァナ皇后が可愛がっている姪を娶るように、との勅命。解せなかった。

ダフネ姫はディオンの前に両膝をついて、彼の手に口づけを落とす。

「残念ですけど、今日はこれで私たちは皇都へ帰ります。それと……」

甘えたような笑みを浮かべて、ディオンを見つめた。

「それと？」

「あの小汚い娘は、今度来訪したときには、いなくなっていますわよね？」

にっこり微笑む姿に、ダフネ姫の腹黒さが見える。以前から、ダフネ姫の性格は把握していたディオンである。

「それは約束しかねる。わけがあって面倒を見ている娘だ」

ダフネ姫はディオンの答えに不満そうであったが、反論はしなかった。

使者とダフネ姫が皇都へ帰っていった。皇都までは馬で二刻ほど。ベルタッジア国の五ヵ所ある領の中で、皇都に一番近いのがアシュアン領だ。

「まさかルキアノス皇帝が、ダフネ姫を娶るように勅命を出すとは……予想外でした」

イアニスは重いため息をつく。

「イヴァナ皇后が大事にしている姪か。いったいなにを考えているんだ？」

昨日刺客に狙われたばかりである。

「ディオンさまを殺すのは諦め、取り込もうとしているのでは？」

イアニスの言葉に、ディオンはフッと笑みを漏らす。

「それはないだろう。イヴァナ皇后の大事な姪など、ルキアノスはなんとも思っていない。ダフネを娶らせても隙あらば狙ってくるはずだ」

五年間も殺されかけているディオンだ。ルキアノス皇帝が考えを変えるとは思っていない。

「少し様子を見るしかないな。だが、このまま好きにはさせない。計画を早めるかは、ルキアノスの出方を見てからにする」

「御意」

ディオンの言葉に、イアニスは頭を下げた。

「サクラの様子は？」

「食事を召し上がり、部屋でお休みになっています。ディオンさまもお食事を」

ディオンは頭を左右に振る。

「食事はサクラとの夕食で構わない。私も少し休息を取る」

椅子から立ち上がり、政務室を出ていった。


遅い昼食が終わった桜子は、机に両肘をついて、ダフネ姫のことを考えていた。そこへザイダが慌てた様子で部屋に入ってくる。

「サクラさま！」

「ザイダ。そんなに慌ててどうしたの……？」

机から手を離して、桜子はいつになく動揺を隠せないザイダに首を傾げる。

「殿下が皇帝より、ダフネ姫を娶るように勅命を賜りました！」

「勅命……って？　どういう意味？」

「絶対に逆らえない皇帝の命令ですわ！」

ザイダの言葉に衝撃を受け、眩暈を覚えた。

「……絶対に？　逆らえないの……？」

「はい……逆らった場合には、反逆罪として死刑に」

「そんなっ！」

嬉しさを隠せないダフネ姫の様子を思い出す。

(彼女はこの勅命を、とても喜んでいるに違いないわ……ディオンさまは別れるとき、厄介なことになりそうだと言っていた。あの予感は当たっていたのね……)

想いを通わせたばかりなのに、ディオンと桜子に困難が立ちはだかった。

(ディオンさま……)

「余計なことをお耳に入れてしまい、申し訳ありません。驚いてしまって……。でも、殿下はサクラさまを溺愛していらっしゃるので、安心なさって大丈夫でございますよ」

ザイダが心配しないように、桜子は元気に頷く。

「もう暗くなってきましたね。そろそろ殿下のところへ行かれてはいかがですか？」

「ダフネ姫と一緒では？」

後宮は宮殿の奥まった場所にあるため、ダフネ姫一行が帰ったことをまだ知らない桜子だ。

「すでにお帰りになっております。ダフネ姫がいらしたことは数回ありますが、お泊まりになったことはありません」

「そうなんだ……」

(でも、ディオンさまがダフネ姫と結婚したら、私は後宮にいられない)

そう思うと、ディオンと心を通わせた桜子だが、元の世界に帰れないのなら街で自立することを考えなくてはならない。

（ダフネ姫は私の存在が嫌だろうし……）

この世界では皇族は何人でも妃を娶れることを知らない桜子は、この先のことを考えると深いため息が出た。

ディオンと夕食をとる部屋は、昨晩、侵入者が処分された場所。そこで食事をすることを考えると食欲が湧かなくなりそうだ。

とりあえず行ってみようと椅子から立ち上がったとき、ディオンが姿を見せた。

「ディオンさま」

深い藍色に銀の刺繍が施された長衣を身につけており、いつもながらに麗しい姿である。

「サクラ。迎えに来た」

桜子の肩に手を置き、額にそっと口づける。彼は今まで誰にもそういった愛情表現をしなかったため、そばで目にしたザイダは、うっとりとふたりに見入る。

「行こう。昼食を抜いたんだ。腹が空いている」

「昼食を召し上がらなかったのですか？　身体を壊してしまいます。ちゃんと食べてください」

イヴァナ皇后の使者とダフネ姫のせいであることは承知していたが、それでも桜子は小さく咎めた。

今までの心労もあるだろう。食事を抜いて体調を崩したりしては大変だ。

「そなたに怒られるのは、嬉しいものだな。これからも、もっと小言を言ってもらわなくては」

ディオンはにっこりと笑みを浮かべる。

食事を抜いたと聞き、心配したが、ふざけるディオンはいつも通りで桜子は安堵した。それどころか、気持ちを明るくしようとしてくれているように思える。

「はい。私がちゃんとディオンさまのお食事を管理しますから、覚悟してくださいね」

本当にそれが叶うのかわからないが、桜子は口にしていた。

桜子が連れていかれた場所は、宮殿の二階の広さのある部屋だった。色彩豊かな透けるような布がたくさんある。今まで見た中で一番美しく、豪華な部屋だ。

（ここは……？）

ディオンに手を引かれ、部屋の中央へ進む。

「昨晩、あんなことがあった後だ。いつもの場所では気分が悪いだろう？　今日は私の部屋に食事を用意させた」

アーチの向こうに豪華な寝台が鎮座しているのが桜子の目に映る。その瞬間、心臓がドキッと跳ねた。

（ここはディオンさまのプライベートな空間……）

室内のいいにおいは、いつもディオンから香ってくるものだ。

桜子を黄色いクッションの上に座らせ、対面の紫色のクッションにディオンは腰を下ろした。

「たくさん食べるんだ。昼食をほとんど残したと聞いている。互いを注意し合わなくてはダメだな」

ディオンに報告されてしまっていたのかと、ため息が漏れそうになる。食欲がなくなったのはダフネ姫の出現のせいだ。

「たぶん、海に入ってはしゃぎすぎちゃったんですね。いただきます！」

桜子はダフネ姫を気にしていない素振りをして、食事を食べながら、考えていたことを口にする。

「ディオンさま。竹刀を返していただけますか？」

「ああ……そうだったな。そなたに返すのを忘れていた」

実際には忘れてはいなかったディオンだ。

桜子は昨日の出来事で、強くなりたいと言った。昨晩のことは仕方なかったとしても、自分のために桜子を戦わせてはいけないとディオンは思っている。

「毎日素振りをして、身体がなまらないようにしたいんです。また昨日のようなことがあるかもしれないですし」

「そう言ってくれるのは嬉しいが、そなたにはここで平和に暮らしてほしいと思っている」

ディオンは、ベルタッジア国の最高級の酒である琥珀色の液体を喉に流す。

「竹刀が剣に勝てるはずはないです。でも、身体を動かしておきたいんです」

「サクラ……わかった。運動はいいことだ。明朝、ニコにシナイを持っていかせよう」

「ありがとうございます」

桜子はにっこり笑った。

食事を始めたが、昼を抜いてお腹が空いていると言ったディオンの食が進まず、お酒ばかり飲んでいる。

憂い事があるディオンにとって、今自分がここにいるのは邪魔なのではないだろうかと、桜子はある程度食事をしてから口を開く。

「ディオンさま、お料理も食べてください。私はこれで失礼いたします」

「サクラ……？」

ふと我に返ったディオンは、手に持っていたグラスをテーブルに置いた。

「日に当たったせいか、頭痛がして……」

桜子はわざとらしく、こめかみに手をやる。頭痛などなかったが、そう理由づければ退出できて、ディオンが自分に構わずに思案できると思ったのだ。

「頭痛が？　医師に診てもらおう」

「い、いいえ！　診てもらうほどのことではないです。寝れば治ると思います。おやすみなさいっ」

立ち上がり、お辞儀をして扉へ向かう。取っ手を握ったとき、反対の腕を掴まれ、背後から抱きしめられた。

「様子がおかしいな。本当に大丈夫なのか？」

耳元で静かに問いかけるディオンの声。

身体の芯がうずくような反応をしてしまい、ギュッと目を閉じる。

「そ……そんなことないです……」

包み込むように回されたディオンの腕に囚われて、動けない。

「眠れば治るのか？」

声を出すことができず、コクッと頷く。次の瞬間、ふわりと抱き上げられていた。

慌てふためく桜子に、ディオンは美麗な微笑みを浮かべ、奥の寝室へ足を進める。

「ディオンさまっ⁉」

「下ろしてくださいっ！」

ドクン、ドクンと激しく全身が脈打ち、パニックに陥る手前だ。

「こういうときは、静かに抱き上げられているものだ」

下りたくて手足をバタつかせる桜子に、ディオンは小さく顔をしかめる。

「こ、こういうときって、どういうときですかっ⁉」

冷静なディオンに、テンパりながら問いかけた。

そこで桜子は、五人は寝られそうな大きな寝台に下ろされたが、即座に身体を起こし、立っているディオンを見つめる。

「眠れば治ると言っただろう？　ここで寝るんだ。私が見守っている」

「そんなことしなくていいですっ。ディオンさまがそばにいては眠れませんっ！」

どうしてこの広い寝台で、ディオンに見守られながら寝られるのだろうか。必死に足を床につけようとした。

「以前は眠ったではないか？」

「あれは、雷が怖かったし……」

（想いを通わせていなかったときのことで、今は好きなディオンさまの隣で眠るのは恥ずかしいし、ずっと抱きしめていてほしくなる）

ふとダフネ姫の姿が脳裏にちらつき、本当のことを言えなかった。

「サクラ……」

ディオンは寝台に座り、困惑している桜子の頬をゆっくり撫でる。

「……離してください」

やんわり言ったつもりが、冷たく響いた。

「どうしたんだ？　ああ……拗ねているのか？」

「違いますっ。どうしてそう思うのですか？　ディオンさまはお酒ばかり飲んで物思いにふけっていたから、私がいないほうがいいと思ったんです」

ディオンのような育ちの人には、気持ちをはっきり言わなければ伝わらないのかもしれないと、桜子は口に出してしまった。

「それは申し訳ないことをした」

ディオンは桜子にすまないと思いながらも、自分のことを考えてくれていたことが嬉しかった。彼女を引き寄せ、強く抱きしめる。

「サクラのことを考えていたんだ」

「えっ？」

（嘘だ。私を喜ばせようとして……）

桜子は信じたくても信じられない。

そんな彼女に、ディオンは「フフッ」と口元に笑みを浮かべる。

「本当だ。そなたに触れないでいるにはどうすればいいのか考えていた。そのせいで酒が進んだんだ」

「よくわかりません」

桜子のさくらんぼのような色の唇に、そっと唇を重ねた。ふいに口づけをされて、桜子は恥ずかしさで頬が赤くなる。

「こうしてキスをするたびに、そなたがもっと欲しくなる。だが、今ではない。サクラも私を欲しがってくれたときに愛し合える」

「ディオンさま……」

コクッと頷いた。まだディオンと深いところまで進む決心はついていない。

「もっと私を愛してほしい。私にはそなたの愛が必要だ」

「でもっ、勅命がっ。あ！」

知らないふりをしているつもりが、つい言葉に出てしまい、ディオンの目から視線を逸らす。

「サクラが知らないわけがないな。帰りがけにダフネが女官たちに言いふらしていた
と報告があった」

ディオンは完璧な形の口から、重いため息を漏らした。

「ダフネを今後娶ることはない。私が愛するのはサクラだけだ」

「勅命に逆らうことはできないと聞きました。私はディオンさまが心配です」

「本当にサクラは可愛い。今すぐそなたが欲しくなる」

ディオンの甘い言葉に、桜子の心臓は音が聞こえそうなくらい暴れる。

「これからは、私の腕の中で眠ってほしい。この部屋に移ってくれないか？」

すんなり頷きそうになったが、大きく首を左右に振った。

「それはダメです」

「やはりダメか。そう思っていたが……」

残念そうなディオンに小さく微笑む。

「ディオンさま。ちゃんとお料理を召し上がってくださいますか？」

「仕方がないな。サクラに心配をかけたくないからな」

「それと……」

言おうか言うまいか、言葉を止めた。

「それと？　なんだ？」

アメジスト色の瞳に問いかけられ、魅入られたように見つめながら口を開く。

「私、ディオンさまのキス……大好きです」

ディオンの涼しげな目が大きく見開かれる。そしてため息を漏らし、苦笑いを浮かべる。

「私はそなたをどうしたらいいのだろう……？　頭がおかしくなりそうだ」

そう言って、ディオンは甘く口づけた。

そして名残《なごり》惜しそうに唇を離し、桜子を再び抱き上げると寝室を出て、先ほどの黄色いクッションに宝物のように下ろした。


翌朝。桜子はザイダに付き添われて庭を散歩していた。

「サクラさま！」

背後からのニコの声に振り返る。彼は桜子の赤い竹刀袋を持っていた。

「こちらを殿下から申しつけられました」

「ニコさん、ありがとうございます」

慣れ親しんだ竹刀袋と竹刀を久しぶりに手にして、桜子は大事に抱えた。竹刀袋には二本入っており、以前のままだ。

「鍛錬の相手をするようにと仰せつかっておりますので、いつでもお呼びください」

「嬉しいです！　今でもいいですか？」

「構いません」

竹刀袋から竹刀をスルスルッと取り出して、何気なく構えてみてから、自分のヒラヒラした衣装に気づく。

「あの、着替えてきますから、ちょっとだけ待っていてください！」

そう言って部屋に走る。その姿をザイダは慌てて追いかけた。

部屋に戻った桜子は、しまっていた制服の長袖のブラウスとスカートを衣装部屋から取り出し、身につけた。ブラウスのボタンは拾ってつけ直していた。

久しぶりに着る制服だ。通学用の靴も、ここで履いている低めのサンダルのようなものも、どちらも練習にはふさわしくない。

「裸足《はだし》でいいかな」

素足のまま、ささくれ立っていないほうの竹刀を一本だけ持った。

「サクラさま！　履き物を召しませんと！」

「う〜ん……動きづらいし、本来、剣道は裸足なの。これでいいわ！」

ザイダが顔をしかめて「お怪我をなさいます」と言っているが、桜子は気にせずに部屋を出る。

そのまま駆け足で、ニコがいる場所へ戻る。彼は直立不動で桜子を待っていた。

「お待たせしました！　お願いします」

「お願いします。……えぇっ。裸足でございますか？　それに、こちらへ来られたときの服……」

ニコはスカートから急いで視線を外す。

この国の女性たちの衣装は、みんな膝より長い。姫や桜子が普段着ているものは、地面スレスレの長さである。それが、今の桜子のスカートは膝頭が見える。こちらの常識から言えばかなり短い。

その短いスカートから、スラリと長い足が見えているのだ。ニコが目を逸らすのも無理はない。

「その格好では……」

「平気よ。これじゃないと動きづらいもの。お願いします！」

桜子は竹刀を身体の前で構えて、ニコを見つめる。

「殿下に叱られそうですが……」

ニコは仕方なく、鞘《さや》に入ったままの剣を構えた。

竹刀を振るのは一ヵ月半ぶりだ。肩は痛くないが、竹刀が重く感じられた。

（なまっちゃったな……）

それでもニコに向かって竹刀を振る。

「め〜ん！」

頭上で鞘を横にしたニコは、桜子の竹刀を防ぐ。かなりの衝撃があり、片手では防ぐことができず、両手で鞘を掴み、頭の前のほうで横にしている。

何度か『面』を打っていた桜子は、ニコの胴へ竹刀を振った。ニコはとっさに胴を鞘で庇う。

俊敏に竹刀を操る桜子に感心する。ディオンからは、軽い運動程度に付き合ってくれと頼まれていたが、真剣にやらなければ痛みを伴うだろうと察した。しかし、竹刀の弱点をすぐに見極めた。竹刀が長いため、次の攻撃のときに隙ができる。

ニコに『面』『胴』『小手』を繰り出すが、桜子はすべて防がれてしまうことがわかった。

（攻撃が全部バレている……あのときの刃のない剣の方がうまく扱えたかも……）

さすが第三皇子の護衛だ。

桜子は、竹刀ではいざ刺客に狙われたときに戦えないことを悟った。『面』をニコの頭に振るが、鞘で防御され、後ろに飛ばされた。

「きゃっ！」

地面に倒れた桜子に、思わず力を入れてしまったニコは慌てて駆け寄る。

「サクラさま！　申し訳ありません！　お怪我は⁉」

ふたりを見ていたザイダも小走りで近づいた。

「大丈夫です。ニコさん、謝る必要はないです」

桜子はにっこり笑う。しかしザイダが小さな悲鳴を漏らす。

「サクラさまっ！　膝から血がっ！」

ザイダの声に、ニコも桜子の膝頭へ視線を向ける。ザイダの言う通り、膝小僧が擦りむけて血が出ていた。

「申し訳ありませんっ！」

ニコはその場で両手を地面について詫《わ》びる。

「ニコさん、謝らないでください。これくらい平気ですから」

桜子が大丈夫だと言っても、ディオンがこれを見たら大変なことになると、ニコは寒気を覚える。

そこへタイミング悪く、ディオンがラウリと一緒にやってきた。

「サクラ？　ニコ？　座ってどうした？」

桜子は膝を隠そうとしたが、短いスカートは役立たずで、ディオンに見つかってしまった。

「血が出ている！　ラウリ、医師を呼べ。ニコ、どういうことだ？」

ディオンは素早く近づき、桜子を抱き上げた。

「自分で転んだんです。ニコさんは関係ありませんっ。歩けます！　ディオンさま、下ろしてください」

「ダメだ。やはり鍛錬をさせるには無理があった。それに、この美しい足を男の目にさらすとは……」

不機嫌全開なディオンは後宮に向かって歩く。

「無理なんかじゃないですっ。こんなことはしょっちゅうなんです！　それに私の世界では、このスカートの長さは普通です！」

ディオンの足がピタッと止まり、アメジスト色の目でギロリと桜子を見る。

「私の庇護の元にいる以上、怪我は許さない。そのように短い衣装も」

怒気を含んだ声で言い放つと、彼は再び歩きだした。


医師に診せるのも恥ずかしいくらいの、擦りむいただけの怪我である。しかし過保護すぎるディオンは、治療の間ひとことも発さず見ていた。

いや、見ているというより、終始監視をしているといったふうである。

裸足をザイダが綺麗に拭くときもディオンは微動だにせず、少し離れたところから腕を組んで視線を桜子にやっていた。

「殿下。サクラさまのお怪我に薬を塗らせていただきました。数日間は動かすたびに痛むかもしれません」

医師の言葉に桜子は顔をしかめる。

(そんなこと言わなくていいのにっ)

余計にディオンが不機嫌になるだろうと思い、急いで取り繕う。

「全然痛くないです。先生、ありがとうございました！」

椅子から立ち上がり、ヒリヒリする痛みを無視して、平然とした顔で医師にお礼を言った。

「また明日も診るように」

ディオンは医師に指示をした。

「はい。もちろんでございます。では失礼いたします」

医師は深くお辞儀をして、部屋を出ていった。

「ディオンさま。これくらいのことで心配しないでください。それと、ニコさんのせいではないので叱らないでくださいね」

「私が心配してはいけないのか？」

どこでディオンがヘソを曲げたのか。言い方にとげがあることに桜子は気づく。

「も、もちろん、ありがたいことです」

ディオンに機嫌を直してもらおうと、にっこり微笑んだ。

「サクラ、そんな顔をしてもダメだ。先ほども言ったように、そなたを大事に想っている。武器を持って練習をすることを安易に考えていた。それは部屋に飾るだけにしておくように」

『それ』とは竹刀のことだ。今は壁に立てかけてある。

「飾っておくだけだなんて。もうっ！　横暴です！」

竹刀では、いざというときに役に立たないことがわかり、鍛錬用の剣で練習させてほしいと言おうとしていた桜子だ。

「横暴でけっこうだ。そなたが大切なんだ」

「ディオンさまっ！」

「部屋でゆっくりしているように」

口元に笑みを浮かべたディオンは、桜子の額に口づけて出ていった。

扉が閉まり、ザイダがお茶を持ってくる。

「殿下はサクラさまを大事に想っていらっしゃるのですね。本当に素敵でございます」

桜子の気持ちをなだめようと、ザイダはそう口にしたのだった。

第五章

ダフネ姫は皇都へ戻った翌日、叔母《おば》であるイヴァナ皇后と面会をするために、皇宮へ赴いていた。ひと晩経っても、桜子の存在に煮えくり返った腹が収まらないのだ。頼りになるイヴァナ皇后にお願いして、桜子を排除してもらうつもりだ。

今回のディオンとの婚姻もずっと言い続けて念願が叶った。それが、アシュアン宮殿へ行ってみれば、わけのわからないみすぼらしい娘がおり、危機感を覚えた。

以前から、ベルタッジア国の皇子の中で群を抜いて美しいディオンに憧れていたダフネ姫だ。ようやくルキアノス皇帝から勅命を賜り、天にも昇る気持ちだったのだが、桜子の存在に切羽詰まった気持ちになっている。

「皇后さまっ！」

後宮の一番豪華で広さのある部屋を与えられているイヴァナ皇后は、女官たちにうちわをあおがせ、優雅に目の前で踊る舞姫たちを鑑賞していた。

「ダフネ。ここにお座りなさい」

自分が座る長椅子の前の椅子を勧めた。きらびやかで豪奢な部屋を何度も訪れているダフネ姫は、勧められた椅子に気後れすることなく腰を下ろす。

後宮には十人の妃がいるが、中でも十五歳のときにルキアノス皇帝に嫁いだイヴァナ皇后は第四皇子を産み、地位を安泰なものにしていた。

第一皇子から第三皇子までの母はすでに亡くなり、今は第五皇子の母であるメイサ妃が、イヴァナ皇后に次ぐ権力を持っている。その他の妃たちは美しいが、みんな普通の家庭に育ち、ルキアノス皇帝が街で見初めた者たちであった。

権力のあるイヴァナ皇后の癪《しゃく》に障らないよう、メイサ妃以外の八人の妃は、ひっそりと後宮で過ごしている。

「昨日は嬉しい日だったのでしょう？　なぜそのように憂鬱な顔をしているの？」

「だって、皇后さま。ディオンさまったら、みすぼらしい娘を囲っていたんです」

ダフネ姫はイヴァナ皇后に泣きついた。

「みすぼらしい娘？　黒髪の娘のことは知っているわ。でも、あなたと比較にならないくらいの貧相な娘だと聞いていてよ。もともと第三皇子は女好き。気にしすぎではなくて？」

密偵としてアシュアン宮殿で働いている者から、桜子のことは一報が入っている。

「それでも嫌なのです」

　ダフネ姫の泣きそうな顔にイヴァナ皇后は微笑む。姪が可愛くて仕方がないという笑みだ。

「我が国の皇族の男は、たくさんの女を寵愛するわ。それくらいわかっているでしょう？」

「私は帰り際に、今度お目にかかるときまでにあの娘がいないことを望むと言ったんです。そしたら、面倒を見ている娘なので、それはできないって。皇后さま、私のプライドはズタズタですわ。お願いです。あの娘をディオンさまから排除してくださいませ」

　ダフネ姫はイヴァナ皇后に甘えるように抱きつく。

「まあまあ。仕方がないわね。一度ここへ呼びつけましょう」

　イヴァナ皇后はダフネ姫に約束した。桜子がディオンにとってどんな存在かを見極めるのも一興だと、ほくそ笑んだ。

　今朝の出来事から、桜子の耳に美しい音色は聴こえてこない。ディオンが楽器を弾いていないのだ。

（怒っている……？）

過保護すぎるのは、価値観の違いなのだろうか。

(これくらい、たいしたことないのに……)

椅子に座っている桜子は、長いエメラルド色の衣装を持ち上げ、膝小僧を見る。よく動かすところであるせいで、擦りむけたところはまだ赤みを帯びていた。

(ニコさんは叱られなかったかな)

そんなことを思いつつ、ディオンが今なにをしているのか知りたい桜子である。

「サクラさま。カリスタさまがおいでになられました」

ザイダの後ろからカリスタがゆっくりとやってきた。

「カリスタ。少し顔色が悪いみたいです」

昼食後のいつもの文字書きのレッスンの時間だが、カリスタの顔色が気になった。

先日も、イアニスがお酒を飲まないように注意していたのを思い出す。

「大丈夫だよ。サクラと話をする機会までもなくさないでおくれよ」

椅子に腰を下ろしたカリスタは、皺のある顔を緩ませる。

「無理はしないでくださいね」

「もちろんだよ。ところで今朝、面白いことがあったらしいね。それが聞きたくてね」

ザイダがお茶を持ってきて、桜子はそれを飲みながら、今朝あったことをカリスタに話した。

「サクラが来てから、楽しくて仕方ないね〜」

カリスタは笑いが止まらない。

「そんなに楽しいですか……？　私は楽しくないです」

カリスタがそれほど笑う理由がわからず、桜子は顔をしかめる。

「周りの目も気にせずサクラを寵愛するディオンさまを、この目で見たかったねえ」

「ディオンさまは過保護すぎると思いませんか？」

桜子は小声になった。

「思わないよ。ディオンさまが異性を気遣うのは、サクラが初めてだよ。今までになかったことだ。小さい頃から大人びて、なんでも見通せるような子供でね。まったく手のかからない皇子さまだったんだ。ちょいと憎たらしい子でもあったよ」

「それとこれとでは、話が……」

納得がいかない桜子の手の甲に、カリスタは手を置いて優しくポンポンと撫でる。

「サクラ、よくお聞き。ディオンさまはサクラが宮殿に来るまで、誰にも我関せずだったんだよ。それがサクラには違う。それほどまで感情をあらわにするとは、サクラが可愛くてならないのさ」

カリスタは嬉しそうに話したのち、しばらく桜子の勉強を見てから後宮を後にした。

「そうだ……馬にも乗れるようになりたいんだった」

馬ならばディオンも反対しないはずだと考えて、夕食時に話してみようと思った。

ディオンから夕食に誘われれば、の話なのだが。

「あの様子だと、まだ不機嫌かな……」

意外と子供っぽいところがある。

「サクラさま。おそらく殿下は、サクラさまに会いたくて仕方がなくなっていると思いますわ」

ザイダがお茶の器を片づけながら言った。

「そうかな……そんなことないと思うけど」

「殿下は男らしいお方です。あのようなことでウジウジしているわけがありません」

「ちょっとお散歩してきます。気分転換に……」

桜子はすっくと椅子から立った。気分転換というのは建前で、ディオンに会えるかもと考えたのだ。

「はい。殿下にお会いになれるといいですね」

「ザイダっ！」

桜子の考えていることがすっかりわかるようになったザイダだ。桜子は頬をほんのりピンク色に染めて、部屋を出た。

庭から門のほうへ歩き、右手の広い道を歩いてみる。その道は通ったことがない。

（こっちへ行ったら、また叱られちゃうかな……）

やっぱり戻ろうと思ったとき、背後から複数の蹄《ひづめ》の音が聞こえてきた。振り返る前に「サクラ！」とディオンの声がした。

ディオンは桜子の横で愛馬を静かに停止させて、身軽に地面へ降り立つ。

「このようなところで、どうした？」

「お散歩を……」

ディオンを探していたと悟られたくない桜子だが、美しい顔に笑みが浮かぶ。桜子の表情はわかりやすいのだ。ディオンは彼女を引き寄せると、ギュッと抱きしめる。

「怪我は？」

「全然痛くないです」

ムキになるその言い方に、ディオンはさらに笑みを深める。

「それはよかった」

「ディオンさま。以前お話ししましたが、私、馬に乗れるようになりたいんです」

「そうだったな。これから練習をするか。ラウリ、ニコ。サクラ用の馬を見繕って、庭へ連れてくるんだ。ああ、先日やってきたあの葦毛《あしげ》の馬がおとなしくていい」

ディオンの命令に、ふたりは厩《うまや》へ向かった。


その日からディオンの手ほどきで桜子は乗馬を習った。三日もすると、ディオンがおらずとも不安なく馬を乗りこなせるようになった。運動神経のよさに、ディオンをはじめ、ラウリやニコも舌を巻くほどだ。

「サクラ。少し出かけよう」

宮殿の外へ出るのは、海へ行ったとき以来だ。

「はいっ！」

ディオンは慎重に、桜子の横で自分の白馬を歩かせた。のんびりと葦毛の馬を進ませている桜子は、アシュアンの街並みに瞳を輝かせている。

活気のある市場や広場に、素朴な造りの民家。以前はディオンの前に座り、ある程度の速度もあったせいで、ゆっくりと街並みを見ることができなかった。

「私についてこられるか？」

ディオンは街を抜けると、白馬の足を速めた。その後を桜子は追う。彼女の後ろでは、ラウリとニコが護衛していた。

どこへ行くのかわからなかったが、桜子はそれなりのスピードがある乗馬を楽しむ。

ディオンは前回訪れた海とは反対の方角へ向かっていた。鉱山のある森の入口だ。

そこは桜子が倒れていた場所である。

森の入口に近づいたディオンは、馬を停め、反転させて桜子を待つ。桜子は馬を上手に操縦しながら笑顔でやってきた。

「楽しそうだな」

ディオンは隣に馬を停めた桜子の笑顔を眩しそうに見つめる。

「はいっ！　それより、ここは……？」

樹木以外はなにもない場所である。そのとき、桜子はハッとなった。嗅いだことのある空気だった。

「ここは……」

「ああ。この木の横にサクラが倒れていたそうだ」

桜子は葦毛の馬の背から地面に降り立つ。ディオンたちも馬から降りる。

なんの変哲もない森。桜子はしゃがんで地面を手で叩いてみた。

(どうしてこんなところに飛ばされたんだろう……。なにも感じない……元の世界へ帰れる気がしない)

「サクラ。手が汚れる」

寂しげな表情になった桜子の目の前にしゃがんだディオンは、地面についたままの手を持ち上げる。顔を上げた彼女の瞳は潤んでいた。

「つらい思いをさせてしまったようだ」

桜子の手の甲へ、ディオンはそっと唇を持っていく。

「ここへそなたを連れてくるのは、勇気がいった。もしかしたら……元の世界へサクラが帰ってしまうのではないかと思い、ここが苦しくなった」

桜子の手を、自分の心臓の辺りに当てる。

言葉にした通り、本当にディオンは悩んだ。いつの間にか愛してしまった異世界の娘が、この腕の中からいなくなってしまうことを考えると、身を切られるどころか、生きていられないほどつらくなるだろう、と。

彼は桜子を立たせた。

「私はもう、サクラがいない生活など考えられない」

「ディオンさま……」

（ここへ来たときは、ずっと帰りたいと思っていた。でも……でも今は、ディオンさまから離れたくない……）

桜子の目から涙がポロポロと頬を伝う。

「サクラ……元の世界へ帰りたいんだな」

泣く桜子をディオンは誤解した。彼女の後頭部に手を当て、抱き寄せる。

「泣きたいだけ、思いっきり泣くんだ……そなたに嫌われても、私はサクラを手放せない」

桜子はディオンの腕の中で、かぶりを振る。

「……私も……ディオンさまがいない場所は、考えられません」

「サクラ……」

ディオンは胸を熱くさせて、桜子の唇を甘く塞いだ。

翌日。ルキアノス皇帝からアシュアン宮殿に書簡が届いた。久しぶりにディオンに会いたいとのことだ。

「行かないわけには、いかないか……」

書簡をイアニスに手渡し、ディオンは重いため息をつく。

「ダフネ姫の件もありますし、ディオンさまの身の危険はないかと思われます」

「身の危険はなくとも、ダフネとの婚儀を急《せ》かされるはずだ」

(愛する娘がいるのに、どうしてダフネを娶れようか。ダフネとのことはしばらく引き延ばさねば)

政務室を出て桜子に会いに行く。しかし、後宮の彼女の部屋はもぬけの殻だ。

「どこへ行ったんだ……?」

後宮から宮殿への渡り廊下を歩く。そこでザイダと共にやってくる桜子を認めた。

「あ! ディオンさま!」

桜子はザイダから皿を受け取って、中身をこぼさないように駆けてくる。

「それは……?」

「私の世界のお菓子で、クッキーというものです。材料は私の世界にあるものと似たもので作っていて、意外と美味しくできたんですよ。ディオンさまに召し上がっていただきたくて」

「甘い香りがする。食べてみよう」

ディオンは丸いクッキーをひとつ摘まみ、口へ入れ、味わうように咀嚼《そしゃく》した。

「とても美味しい。歯ごたえがあって。初めて食べる味だ」

気に入ってくれた様子に、桜子はホッとして笑顔になる。

その後、ふたりは娯楽室でお茶を飲みながらクッキーを食べ、ディオンが奏でる曲を楽しんだ。

そして二日後。ディオンはイアニスたちと共に皇都へ向かった。早馬であれば、一刻半ほどで到着する。

アシュアン宮殿が急にガランとして、寂しい気持ちになる桜子だ。

部屋でぼんやりしている桜子の元へ、カリスタが慌てた様子でやってきた。

「こんなときに、困ったよ……」

桜子の顔を見て、開口一番に発せられた言葉だ。

「どうしたんですか？」

桜子は首を傾げる。

「サクラ。お前さんがイヴァナ皇后に呼ばれたんだよ」

「イヴァナ皇后って……皇帝の……」

「ああ。ダフネ姫の叔母上さ。嫌な予感しかしないよ。でも行かなければ、無理に連れていかれかねない。ディオンさまも皇都……しかし会えないだろう」

カリスタはこの状況に狼狽《ろうばい》している。

「無理に……。イヴァナ皇后に会いに行くしか、選択肢はないのですね？」

「……ああ。私も一緒に行くよ。念のためエルマも同行させよう」

不安でいっぱいだった。桜子を無事にここへ連れて帰ってこなくてはならない。

「ザイダ。サクラの一番の衣装を用意しとくれ」

行くしかないと覚悟を決めたカリスタは、ザイダに指示を出した。

「カリスタ。手土産《てみやげ》はいらないのですか？」

初めて会うイヴァナ皇后に失礼があってはならないと思い、桜子は聞いてみた。

「手土産とは……？」

「お邪魔するときに、お菓子や果物を持っていったりするの」

「それなら必要はないよ」

そこへザイダが桜子の一番上等な衣装を持ってきた。そうはいっても、桜子は必要以上に華美なものを好まない。ザイダが抱えているのは、シンプルな薄紫色の衣装であった。

急いで着替えた桜子は、イヴァナ皇后がよこした馬車が待つ門へ向かった。

馬車の中は桜子、カリスタ、エルマの三人だけ。桜子は会話をする気分ではないが、カリスタの身体が心配だ。

(皇都へ行くことが負担にならないといいのだけど……)

そしてディオンを想う。

(……なにがあっても、ディオンさまの迷惑にならないようにしなくては)

窓の外を眺めながら、そう心に決めた。

馬車はかなりの速度で走り、一刻も早くイヴァナ皇后の元へ生贄《いけにえ》を連れていきたいみたいに思える。

(ディオンさまに宮殿で会える……? ううん。ディオンさまにはなにも知らせていないはず。イヴァナ皇后は、私が後宮へ行くのをディオンさまに阻止されないよう同じ日にしたんだ。しかも時間差で……)

二刻もかからずに馬車は皇都へ入った。アシュアン領のほうが街は賑やかで、活気があったように思える。

(統治している人によるのかも……)

皇都の宮殿も、アシュアン宮殿のようなところだろうと思っていた。しかし、門の前で停まった馬車を降りた桜子は目を見張った。

門はとてつもなく巨大で、金があしらわれている豪華なものだ。その奥に見える宮殿も、アシュアン宮殿とは比較にならないくらい大きく、お金がかけられている。

「サクラ。ディオンさまは十五歳になるまでこちらに住んでおられたんだよ」

出迎えの女官に案内されながら、カリスタが桜子に教えてくれる。ディオンにはここよりアシュアン宮殿が合うと桜子は思った。

(住み心地は、こんな冷たそうな宮殿より、温かみのあるアシュアン宮殿のほうがはるかにいいはずだわ……)

衛兵が至るところに立っていて、ものものしい雰囲気だ。

そして、宮殿の奥に位置する後宮に足を踏み入れた。宮殿を通ったが、やはりディオンに会うことはなかった。

カリスタとエルマはイヴァナ皇后の私室へ入ることが許されず、別の部屋へ連れていかれた。

心細く不安な気持ちで、桜子はイヴァナ皇后の私室の居間へ入る。部屋の中は想像を上回るきらびやかさである。

女官が五人控えているだけで、イヴァナ皇后の姿は見えない。

立ったまま待っていると、細身のスタイルに真紅の美しい衣装をまとったイヴァナ皇后が現れた。桜子が思っていた通り、ダフネ姫も一緒だ。

イヴァナ皇后の登場に急いで膝を折り、頭を下げた。カリスタから、許しがあるまで顔を上げてはいけないと教えられていた。

「……顔を上げなさい」

イヴァナ皇后の許しで、視線を彼女へ向けた。

「お前が、ディオン皇子に取り入っている娘か？」

厳しい口調で問いただされた。

（取り入って……）

返事ができないでいる桜子に、イヴァナ皇后は苛立ちを覚える。

「答えなさい！」

「皇后さま。当たっているから、あの娘は答えられないのです」

そう言ったのはダフネ姫だ。

「……私は異世界の者で、突然この世界へ飛ばされたのを、気の毒に思ったディオンさまが宮殿に住まわせてくださいました」

「お前は図々しくも、我が物顔でアシュアン宮殿に住んでいると聞いている」

アシュアン宮殿にいる密偵からの報告である。

「違います！　そんなことは……」

桜子は首を大きく横に振った。

否定はしたが、実際は女官がついているし、世話をかけている。我が物顔というのは過大表現だが、心からは打ち消すことができない。

「ディオン皇子の妃の座を狙っているのか？」

「いいえ！」

即座に口にした。ディオンを愛しているが、そこまで身のほど知らずではないつもりだ。

桜子が否定するも、ダフネ姫がしゃしゃり出る。

「絶対に狙っていますわ！　ディオンさまに媚《こ》びを売っていましたもの」

「媚びだなんてっ！　ディオンさまは、私のことをかわいそうだと思って住まわせてくださっているだけです。私もそんなディオンさまに恩があるだけです」

イヴァナ皇后は、冷たいブルーの瞳で桜子を見つめる。

「では、私の姪ダフネとの婚姻に、お前は賛成なのね？　ダフネは大事に育てられた娘。ディオン皇子がただひとり寵愛する妃にならなければならない」

「……もちろんです」

桜子の胸がシクシクと痛んだ。

「わかった。お前はディオン皇子とダフネとの婚姻前に、アシュアン宮殿を出なさい。それができないのならば、ディオン皇子の命はないと思え。私は手段を選ばない」

桜子の喉の奥から、絞るような声が漏れる。

(イヴァナ皇后は、ディオンさまを殺すと、はっきり言った……)

その言葉に驚いた者は、桜子以外にもいた。ダフネ姫だ。

「皇后さまっ！　なにをおっしゃっているの⁉」

ダフネ姫の顔が青ざめる。

「お前を愛さないディオン皇子など、必要ありません」

「そんなっ！　皇后さま！　そのようなことはなさらないで！」

桜子は必死なダフネ姫に、ディオンを想う気持ちは本物のようだと感じた。ダフネ姫はイヴァナ皇后から桜子に涙で濡れた視線を向ける。

「わかった？　お前のせいでディオンさまは死ぬかもしれないの。宮殿を出ていくと約束して！」

桜子は改めて、この世界のむごさが身に染みた。

(イヴァナ皇后は、姪が可愛すぎるあまり、彼女のわがままをどうしても突き通すつもりなんだ……)

ディオンが軽んじられていることが悔しくて、ギュッと下唇を噛んだ。そして口を開く。

「……私は……ディオンさまの幸せを願っております。皇后さまの、言う通りに……いたします」

心臓を鷲掴《わしづか》みされたように心が痛んだ。

(約束しちゃった……)

ディオンの幸せを願っているのは本心である。だから、この約束は後悔しないものだと胸を張れる。

「よろしい。ダフネ、好きなだけ衣装を作りなさい。宝飾品も。ディオンではお前を贅沢させられないわ」

「皇后さまっ。ありがとうございます！」

泣いていたダフネ姫は、イヴァナ皇后の言葉にコロッと表情を変えて笑みを浮かべた。そんな愛する姪に、イヴァナ皇后も満足げだ。

「娘、わかったな？　一ヵ月後の婚姻の日までにアシュアン宮殿を去るのだ。このことはお前の胸だけに留めておけ。ディオンに話せば、別室で心配しているディオンの乳母・カリスタを殺す」

桜子はもう一度息を呑んだ。

（カリスタを⁉）

「まあ、お前もそのときは一緒に殺すかもな。お前が哀れだと思い、殺さないで済む恩恵を与えているのだ」

確かに今、桜子を殺せばいいことである。

「私は残虐な性格ではないのよ。大事な姪の結婚で血を流したくはない」

「……わかりました」

桜子は振り絞って、ようやく声を出すことができた。苦しい思いに襲われ、肩を落として俯く。

そこへ、部屋の外がにわかに騒がしくなる。

「ディオン皇子！　こちらへ入ることはできません！」

女官の慌てたような大きな声が聞こえてきた。

「愛する娘を迎えに来たんだ。そこを退け」

ディオンの声が凛と響き、桜子は驚いて振り返った。

そこで、女官の制止を冷静かつ優雅に振りきったディオンが姿を現す。

「ディオン皇子！　ここは後宮ですよ。入室は許しません！」

イヴァナ皇后は椅子から立ち上がり、厳しい口調でディオンを牽制《けんせい》した。きつい表情になった彼女に、ディオンは悠々たる動作でお辞儀をする。

「それは申し訳ありません。ですが、この部屋までは入室可能区域のはずです。大事なサクラが突然ここへ呼ばれ、心配をしたゆえ、お許しください」

桜子が奥の部屋に連れていかれていなかったことに安堵していた。奥の部屋ならば、このように入ってはいけないところだった。

ダフネ姫はディオンが入室する前に、焦りながら、布が天井から垂れていて彼からは見えない裏側へ隠れていた。この場にいるのが後ろめたく、自分が関わっていることを知られたくないからだ。

ディオンは堂々とした歩みで、驚愕したような表情を浮かべている桜子へ近づき、腰を抱き寄せる。

「サクラ？　今日はそなたに会える時間が少ないとがっかりしていたが、よかった。帰りはそなたを抱きしめて帰ることができる」

桜子はなにも言葉にできなかった。先ほどイヴァナ皇后に、ディオンとはなんの関係もないと伝えたのだ。

イヴァナ皇后は美しい顔を引きつらせている。ディオンと桜子は関係がないと信じるほど、男女の関係に疎いわけではない。

ディオンとはなんでもないと言った桜子の言葉は、内心で疑いつつも流した。しかし、ディオン本人の口から桜子を愛おしむ言葉が出ると、ふたりに対して腸《はらわた》が煮えくり返る思いになる。

「イヴァナ皇后。サクラに会いたかったのであれば、私にお伝えしてくだされればよかったのに。いつでもアシュアン宮殿にご招待申し上げますよ」

ディオンは整いすぎている顔をにっこりとさせた。その笑みを桜子は仰ぎ見ながら、ハラハラしている。

「では、失礼いたします」

桜子の腰を抱きながら礼をして、扉へ向かった。

ディオンと桜子が去ると、イヴァナ皇后は手に触れた器を壁に投げつける。

「イヴァナ皇后さま。第三皇子を今、殺しになるべきかと」

年配の女官は、苛立ちが収まらないイヴァナ皇后に告げた。

「それはできないわ。殺したりしたら、私がどんなことになるか……。私だとわからないように殺すには時間が必要よ。それに、今殺したらダフネが悲しむ」

ダフネ姫は裏から出てきていた。その顔は悲しそうである。

「そのような顔をしないの。あの娘は約束したわ。少し様子を見ましょう。あなたは婚礼の準備をしなさいな」

「……はい。皇后さま」

ダフネ姫は落ち込みながらも、優雅にお辞儀をした。


一方、後宮を出たディオンと桜子は、ラウリとニコと合流した。ふたりは思案顔で、後宮を出たところで待っていた。

ディオンと桜子の姿に、彼らはホッと安堵した表情になる。ディオンはふたりに頷き、門へ向かった。

「ディオンさま！　カリスタとエルマが別室にっ！」

どんどん進むディオンに、桜子は息切れする一歩手前だ。

「ふたりは心配いらない。すでに帰している」

イアニスが付き添い、アシュアン領へ向けて出発していた。

宮殿を出たところで白馬に飛び乗り、ディオンが桜子に手を差し出して、自分の前に座らせた。手綱を引き、向きを変えて馬を走らせる。

皇都の街を抜け、荒野に入り、岩が転がる荒れた場所で馬を停め、ディオンは地面へ降り立つ。

「サクラ」

ディオンに両腕を差し出され、桜子は地面へ降ろしてもらう前から、たくましい腕に強く抱きしめられた。

「不安な思いをさせた。怖かっただろう?」

ディオンの温かい腕の中で、小さく頭を左右に振る。

「なにを言われた?」

「……異世界から来た私を見たかっただけ、と」

「そんな嘘は信じない。呼ばれた理由を話すんだ」

桜子の言葉を信じないディオンは、アメジスト色の瞳で射るように見つめた。桜子は懸命に頭を動かす。

「……ダフネ姫が可愛くて、泣かせたくないので……ディオンさまに恋心を抱いてはいけないと釘《くぎ》を刺されました」

「本当に？　だとしたら、私がそなたを愛していることが身に染みただろうな」

ディオンはフッと笑みを漏らす。

「私たちを引き裂く力など、皇后にはない。サクラ、今日のことは忘れるんだ」

桜子の額に口づけを落とした。


アシュアン宮殿に着いたのは、午後を回った時刻だった。

桜子を部屋へ送り届けたディオンは、イアニスに話があると告げ、すぐに政務室へ行った。

ザイダが昼食を用意するために桜子の部屋を出たところで、カリスタがやってくる。

「サクラ！　大丈夫だったかい？」

桜子に怪我はないかと両手で触れていく。

「どこも怪我をしていませんから、安心してください」

心配するカリスタもなにもされていないようで、桜子はホッと安堵して微笑んだ。

「よかったよ。イヴァナ皇后になにを言われたんだい？」

ディオンに説明した通りに話をした。カリスタに余計な心配をかけたくない。誰にも言わずに、この国を去らなければと決心していた。

「恋心を抱いてはいけない？　今さら遅いんだよ。サクラ、気にしないでいいんだからね。お前さんとディオンさまはお似合いさ。ディオンさまが心を許す女は、お前さんしかいないいんだよ」

カリスタは口をへの字にして、不快感をあらわにする。

そこへ、ザイダがふたり分の昼食を持って入室した。

「サクラさま、カリスタさま。遅い昼食ですが、どうぞお召し上がりくださいませ」

冷たいお茶をグラスに注ぎ、食べるように勧めた。

「ありがとう。お腹ペコペコなんです」

今回のことで胃が痛んでいたが、カリスタとザイダが心配しないように桜子は食べ始める。

「イヴァナ皇后は娘がいないせいか、あのわがままな姫を溺愛しているんだよ」

「……ダフネ姫のディオンさまを想う気持ちは、本物のようでした」

スープを飲む手を止めて寂しそうに話した桜子に、カリスタは眉根を寄せる。

「サクラ？　なにか変なことを考えたりしていないだろうね？」

桜子はカリスタの指摘に、心臓をドキッと跳ねさせた。

「……変なことって？　なんですか？」

「身を引くとかさ」

「そんなこと、思っていないです。私がいられる場所はここしかないですし。ダフネ姫には我慢してもらうしかないですね」

わざとそっけない口調で言った。

「ならいいけどね」

カリスタを信用させることができて、胸を撫で下ろした。


その日の夕食。桜子はディオンの私室にいた。珍しくイアニス、ラウリ、ニコ、エルマがいて、全員で食事をしている。

片膝を立てたディオンの足の間に桜子は座らされて、かいがいしく料理を口に運ばれている。

最初は恥ずかしくて、足の間から何度も抜け出そうとしたが、それが許されず留まっている。

「肉の焼き方がちょうどいい。ほら、サクラも食べてみなさい」

ディオンは手で鶏肉の骨の部分を持って、桜子の口に運ぶ。そこにいる者は微笑ましそうにふたりを見ていた。

桜子は鶏肉をひと口噛んで、ゆっくり咀嚼する。

「サクラは食べているときも美しい」

「ディオンさま。そんな褒め言葉は嬉しくありません」

「そうなのか？　では、サクラのすべてが美しい」

ディオンは懲りずに褒めた。そこでエルマが呆れたような顔になる。

「殿下、いい加減にサクラさまをお離しくださいませ。ちゃんとお食事ができないではないですか？」

嫉妬ではなく、桜子が本当に困っているのを見て進言したのだ。

「エルマ。私はサクラを愛している。片時も離したくないんだ。そなたたちも愛を知れば同じになるだろう」

エルマの進言もまったく気にせずにディオンは微笑む。

「サクラ。私はそなたが戦うのは嫌だと言ったが、そなたの身にもしものことがあったらと思い、考えを改めた」

「えっ？」

桜子は後ろを仰ぎ見て、キョトンとした。

「身体がなまらないように、鍛錬を許可する。ラウリ、ニコ。交代でサクラに付き合ってくれ」

ラウリとニコは了解したと頭を下げる。

「ディオンさま、ありがとうございます。あの、武器を竹刀じゃないものにしたいんです」

「違うものを?」

ディオンは首を傾げた。

「はい。竹刀は竹刀同士ならば戦えますが、竹刀と剣では長さも威力も違うので、俊敏に戦えないんです。竹刀を構えている間にやられてしまいます」

先日、手合わせをしてくれたニコに同意を得ようと、桜子は伺う。

「ニコさん、そうですよね? 衛兵の方たちと戦ったような剣のほうが、今後使うにはいいのかなと思って」

「さすがサクラさまです。よくおわかりに」

桜子は嬉しそうな笑みを浮かべた。

「殿下。サクラさまの言う通りでございます」

「ニコも剣で鍛錬をしたほうがいいと?」

鍛錬には賛成したディオンだが、剣の使用には顔をしかめる。

「はい。鍛錬用の剣で慣れていただければと思います。そのほうが、万が一のときに身を守れるのではないかと。今でも充分にサクラさまはお強いですが」

「……確かにそうだな。鍛錬用の剣ならば認めよう」

「ディオンさま。ありがとうございます」

桜子は真剣な表情でディオンにお礼を言った。そんな彼女を見て、ディオンは小さなため息を漏らす。

「できることならば、そのような目に遭わせる機会がないように過ごさせてあげたいのだが、そなたの命のほうが大切だ。身を守れるように鍛錬してほしい」

切ない眼差しで見つめ、そっと黒髪に唇を落とした。


翌日から、ラウリとニコが交互に桜子の剣の練習相手になった。そんな桜子を、カリスタはいつも心配しながら見守っていた。

鍛錬用の剣は切れないが、当たれば打撲する。ラウリとニコも極力、ディオンが愛する娘の身体に当てたくはなかったが、最初はそうもいかず、桜子の腕や足が痣だらけになった。

しかし桜子はどんどん上達し、一週間後には、本気で相手をしなければふたりのほうが怪我をするくらいにまでなっていた。

毎回痣を作る桜子に、ディオンは以前より過保護にはならなかった。それは、彼女に戦うすべを身につけてほしかったからだ。

（いつイヴァナ皇后の刺客がサクラを狙うかわからない。私たちが駆けつけるまで、戦えるようになってほしい）

もともと運動神経は群を抜いていた桜子だ。ディオンのつらい気持ちとは反対に、剣の鍛錬を楽しんでいた。


ラウリの剣が勢いよくぶつかり、男女の力の差で桜子がはじき飛ばされる。

「きゃっ！」

草の上に転がる桜子に、鍛錬を見ていたディオンが駆け寄る。

「怪我は⁉」

桜子はディオンに助け起こされた。

「大丈夫です。まだまだやれます！　ラウリさんっ」

ディオンの後ろに立つラウリを見る。

「今日はやめるんだ。やりすぎても集中力がなくなり、怪我ばかりが増える」

ディオンは桜子から剣を取り上げ、手を開かせる。桜子の手のひらは剣を握るせいで、まめが潰れていた。

「これはかなり痛むはず。薬を塗ろう」

「……はい」

以前ほど過保護ではなくなったディオンなので、多少の打撲はザイダに任せているが、今回は彼に付き添われて桜子は部屋へ戻った。


「サクラは頑張り屋だな。綺麗な手が……傷だらけに」

椅子に座らせた桜子の手のひらに作られた潰れたまめに、ディオンが薬を塗る。

「ディオンさま、そんな顔をしないでください。怪我をしている私よりつらそうです」

桜子は反対の左手でディオンの頬に触れた。

ディオンは端整な顔を微笑ませ、腰を屈めると、桜子の唇にキスを落とす。そこへ扉が叩かれた。

「最近の私たちは、ふたりの時間がなくて寂しい」

そう言って、扉近くに控えていたザイダにディオンは頷く。ザイダが扉を開けると、イアニスが入ってきた。

「ディオンさま。ダフネ姫が来訪されました」

「……わかった。サクラ。カリスタの元気がないので、会いに行ってほしい」

イアニスに頷いたディオンは、桜子に頼んだ。

「ええっ？　カリスタが？　どこか悪化したのですか？」

桜子はイアニスに視線を向ける。以前、お酒は身体によくないと言われていただけで、どこが悪いのかは知らない。

「息切れがひどいようです。心臓が弱っているんですよ。もう年なので」

桜子はショックを受けた。

「病人扱いすると怒るので、サクラさまは知らなかったことにしてください」

「……わかりました」

彼女は心配で不安になったが、神妙な面持ちで頷いた。

ディオンとイアニスが部屋から去っていき、しばらくして、窓の外から丸めた紙が飛んできて桜子の足元に転がる。ザイダは気づいておらず、隅で刺繍をしている。

困惑しながらも、こんなことをするのはこの宮殿の者ではないと考えて紙を拾い、開いてみた。

【門へ来い】

桜子は、この指示がイヴァナ皇后からのものだと悟る。

イヴァナ皇后に会ってから一週間が経っていた。業を煮やしているに違いない。

「ザイダ。カリスタに会ってくるね」

「では、ご一緒に」

ザイダは刺繍の布を机に置いて立ち上がる。

「ううん。ひとりで行ってくる。ザイダは刺繍をしていてね」

桜子は不自然にならないように言って、部屋を出た。桜子の向かう先はカリスタの部屋ではなく、指示通り、門だ。

門へ到着して手紙の主を探すが、アシュアンの衛兵しか見当たらない。そのとき、目の隅に皇都の女官の姿が入った。

厩のほうへ向かう木の陰にいる女官の元へ向かう。その女官は、イヴァナ皇后付きの年配の女官だった。

「まだここを出ていないとは。どうなってもいいのか?」

女官は蔑んだ視線で桜子を見て、きつい口調で問いかけた。

「猶予はあのときで一ヵ月ありました。まだあれから一週間です」

「ふん。ずいぶんのんびりしているものだ。皇后さまは気の長い方ではない。早く行動を起こすんだ。そうしなければ、まずあの老婆が犠牲に。その次は誰にするか？お前付きの女官か？」

桜子の顔が歪む。

「やめてください！　約束は守ります！」

女官のそばから逃げるように足早に離れた。その足で、宮殿の一階に住むカリスタの部屋へ向かう。

カリスタの具合も心配だが、今のイヴァナ皇后付きの女官の言葉に胸騒ぎを覚えていた。

門から百メートルほどのところにある宮殿の出入口へ来ると、いつも立っているふたりの衛兵の姿が見えない。

（どうして、いないの……？）

ぞわっと背中に冷たい水を落とされたような感覚に襲われる。

足元に視線を落として辺りを見回す。草に、なにかが引きずられた跡がうっすらとあった。

その後を追っていくと、植え込みの裏に衛兵がひとり倒れていた。

「ひっ！　……し、死んでるの？」

桜子は怖くて仕方なかったが、指先を衛兵の鼻に近づける。呼吸はしていた。

「大丈夫ですかっ？　起きて！」

衛兵の身体を揺さぶるが、うっすらと目を開けるだけで反応が鈍い。そこでハッとなる。

「カリスタは⁉」

衛兵の腰にあった剣を鞘から引き抜き、カリスタの部屋へ駆けだした。向かう間にも誰かいないか叫んで侵入者を知らせる。

目的の部屋の扉は大きく開いていた。

「カリスタ！」

「サクラ！　来てはいけないよ！」

部屋の中から、緊迫しているカリスタの声がした。

構わず入室すると、カリスタと黒ずくめの男がいた。カリスタは寝台の向こう側におり、侵入者とは距離がある。

「話が違うわ！」

桜子は侵入者に叫んだ。

「見せしめが必要だ」

低い声で冷たく言い放った侵入者は、カリスタに剣を向けて腕を切りつけた。

「やめてー！」

桜子は剣を握る手に力を入れ、侵入者に向かう。黒ずくめのその男は一瞬ひるんだが、振り下ろされた桜子の剣を防ぎ、逆に襲いかかる。

本物の剣で戦ったことがなく、怖い思いもあるが、やらなければやられる。桜子は夢中で剣を振った。

カリスタは腕の痛みに意識が遠のきそうだったが、今では孫のように大切に思っている桜子の一大事に、なんとか助けを呼ばなくてはならないと、出入口に向かってふらつく足を進める。

やっとのことで侵入者の剣を防いでいた桜子だが、次の瞬間、腰の辺りに焼けるような痛みを覚えた。

「あぁぅ……うっ……」

ガクッと膝が床につき、もうダメかと思い、ギュッと目を閉じた。

そこで聞こえてきたのは、男の呻き声だった。

ハッとして顔を上げると、血相を変えたディオンが剣を持って立っていた。剣に血がついている。その剣を床に放り、桜子に駆け寄る。

「サクラ！　なんてことだ……！」

「カリスタはっ⁉」

「腕を切られたが、意識はしっかりしている」

そう言いながら、桜子の右の腰辺りに慎重に手で触れた。衣装がバッサリ切られており、傷を診る。黄色の衣装には血がにじんでいる。

「傷は浅い……が、かなり痛むだろう？」

ディオンは愁眉を開いた。

「……これくらい、大丈夫です」

桜子は、期限を待たずにカリスタを襲うよう命令したイヴァナ皇后に怒りを覚えていた。

ディオンは慎重に彼女を抱き上げ、二階の自分の私室へ向かう。

途中、宮殿に来ていたダフネ姫が謁見の間から姿を見せ、桜子を抱き上げているディオンに驚く。

「まあ！　いったいどうしたのですか？　騒がしかったようですが？」

ダフネ姫はなにも知らされておらず、桜子の怪我の原因もまったくわからない。それゆえ、ディオンが大事そうに抱いている桜子に嫉妬をする。

「刺客が入った。その部屋から出ないでくれ」

廊下を歩きながら、ディオンはダフネ姫を見ずに冷たく告げた。桜子を抱き上げて去っていく彼の後ろ姿に、ダフネ姫は悔しさで下唇を噛んだ。


桜子の傷はディオンの診立て通り浅かった。だが、身体を傷つけてしまったことに、ディオンは後悔の念に駆られている。

「私が剣を許さなければ、サクラが戦いに行くことはなく、このような怪我をすることもなかった」

桜子からは、宮殿を守る衛兵に気づいたところから一部始終の報告を受けていた。

「そんなことはありません。剣を習っておいてよかったです。もう少しで勝てそうでした」

ディオンの罪悪感が、ひしひしと伝わってくる。

「鍛錬していなかったら、私は殺されていたはずです。ディオンさま、そんな顔をしないでください」

そこへイアニスが現れた。憂慮している顔だったが、ディオンの前に立つと厳しい表情になって口を開く。

「ダフネ姫は、皇都にお戻りになりました」

「カリスタの容態は？」

ディオンが聞くと、イアニスは力なく、首を小さく横に振った。

「腕の傷よりも、心臓のほうが……医師はもって数日だろうと……」

桜子の口から小さな悲鳴が漏れる。

「そんなっ！　大丈夫ですよね？　カリスタが死ぬなんて、ないですよね!?」

必死な顔でイアニスとディオンに問いかけた。

しかし、ふたりはそれに答えられなかった。

第六章

カリスタの寝台の横で、桜子は青白い顔で眠る彼女の姿を見守っていた。苦しそうではないのが幸いだ。

イヴァナ皇后への憎しみが、ふつふつと湧いてくる。腰の下の切られた箇所よりも、胸のほうが痛い。

カリスタの寝顔を見ていると、ここへやってきたときのことが思い起こされる。洗婆として湯殿で出会い、最初に桜子の味方になってくれたことを考えると胸が熱くなり、瞳が潤み始めた。

「あのとき、カリスタが味方になってくれなかったら、どうなっていたかわからなかった……ありがとう」

優しかったカリスタに、胸がシクシクと痛んできた。

とうとう桜子の涙腺は決壊して、涙があふれ、頬を伝っていく。

「カリスタ……頑張ってね。また一緒にご飯を食べ……」

『一緒にご飯を食べたい』が、最後まで言えなかった。

おもむろに椅子から立ち上がり、カリスタの皺のある額と手の甲に口づけをする。

「そばにいてあげられなくて……ごめんなさい」

じりっと後ずさり、目の奥にカリスタの顔を焼きつけるように見てから、踵《きびす》を返して部屋を出た。

「サクラさま？」

ザイダはちょうどカリスタの部屋へ行くところだった。宮殿の廊下で桜子を見かけて声をかけたが、届かないようで、どんどん行ってしまう。

「どうしたのかしら……様子が変だったわ。殿下にご報告したほうが……」

ザイダは違和感を覚え、眉根を寄せると政務室へ向かった。

桜子は衝動的に厩へ走っていた。切りつけられた傷口が痛んだが、そんなことにも構わずに。

馬番は、必死の形相でやってきた桜子の姿に礼をする。

「馬をお願いします」

いつもの馬番は不思議に思うことなく、葦毛の馬を馬小屋から出してきた。

「ありがとうございます」

桜子は葦毛の馬に飛び乗り、門を通ってアシュアン宮殿を出た。記憶を頼りに馬を駆けさせる。

(ディオンさま。ごめんなさい)

桜子が向かっているのは、この世界で倒れていた場所だった。以前ディオンが連れていってくれた森の入口。

(私がいなければ……こんなことにならなかった!)

馬の背でむせび泣く桜子は前が見えなくなり、片手を手綱から外して、ヒラヒラした袖で涙を拭いた。

片手での馬の扱いはまだ桜子には難しく、馬上でバランスを崩して、地面に落とされる。

「ああっ!」

全身を打ちつけ、痛みに息を呑む。

「っ……はぁ……」

身体を起こして馬を探したが見当たらない。

(もう街を抜けているし、私が倒れていた場所は、それほど遠くない……)

身体がバラバラになりそうなくらいの痛みを堪え、ヨロヨロと歩みを進め、そこへ向かった。

誰もいないことが幸いだ。このような姿を目にされたら、頭のおかしい娘に思われるだろう。

おぼつかない足取りで歩き、ようやくディオンに案内された森の入口へ到着した。

放心状態の桜子は足に力が入らず、ガクッと地面に膝をついた。

四つん這いになった形で、手に触れた土と草をギュッと握る。

「お願い！　元の世界へ帰して！　この世界を私が来る前に戻してっ！」

心から叫んだ。今の桜子は、ここから離れなければならないという一心だ。

「帰してよー‼　お願いだからっ！」

地面を拳で何度も叩く。

ザイダの報告で追ってきたディオンが見たのは、悲痛な叫び声を上げる桜子だった。

「サクラ！　やめるんだ！」

白馬から降り、桜子に覆いかぶさるようにして動きを止めようとする。

「離して！　元の世界に戻して！」

もはや痛みは感じず、桜子はディオンの腕の中で暴れた。

「私が来なければよかったのっ‼」

泣きながら叫ぶ桜子を、ディオンは強く抱きしめる。

「……離して……帰るの‼」

ディオンの腕に包まれて、少し冷静さを取り戻した桜子だったが、まだ帰ろうとしており、抜け出そうとする。

「ダメだ。離さない。私はそなたに会えてよかった。こんなに幸せな毎日を過ごせたのは、サクラのおかげなんだ」

ディオンは抜け出せないよう腕に力を入れた。

「私なんてっ、いないほうがいいんです！」

「こうなったのは、決してサクラのせいではない！」

まだ取り乱している様子を危惧し、桜子の首の辺りに手刀を当てた。彼女のすべての体重がディオンの腕にかかる。

「かわいそうに……ボロボロではないか……」

意識を失った桜子の顔にかかる髪の毛をそっと払い、静かにキスを落とす。

遅れてやってきたラウリとニコが、桜子の乗っていた葦毛の馬を捕まえていた。

「ニコ。先に戻り、医師を待機させろ。落馬をしたようだ」

腰の傷口が開いており、黄色の生地に血の赤が混じっていた。そして泥も。

「御意」

ニコは乗っていた馬に近づき、ひと足先に出発した。ディオンも桜子を自分の前に乗せ、傷に響かないよう静かに馬を進めた。

桜子はアシュアン宮殿に着いても目を覚まさなかった。医師に治療をされても昏々《こんこん》と眠っていた。まるで現実逃避をしているかのようである。

桜子が眠ってから三日が経った。ディオンは心配で、桜子のそばをずっと離れないでいた。

カリスタは奇跡的に持ち直し、食事もできるようになっている。

「サクラ……そなたは今、元の世界をさまよっているのだろうか……？　目を覚ますんだ」

（なぜあんなに取り乱し、必死になって元の世界へ帰ろうとしたのか……）

夢中で剣の鍛錬をしていた桜子を思い出す。絶対になにかあったのだろうとディオンは確信していた。

形のいい口から重いため息を漏らし、長い指を桜子の髪に差し入れ、そっと撫でる。彼女の長いまつ毛が小刻みに揺れた。

「サクラ？」

静かに声をかけた。

「私を困らせないでくれ。目を開けて、黒曜石のような美しい瞳を見せるんだ」

頬を撫でると、桜子の瞼がゆっくり開く。

「サクラ！　わかるか⁉　ザイダ、水を！」

桜子は焦点をディオンに合わせて、小さく頷く。その様子にディオンはホッと安堵した。

「私は……」

声がかすれている。そこへザイダが水を持ってきて、ディオンは桜子の上体を起こした。ザイダからコップを受け取り、桜子の口へ持っていく。

コクッと水が桜子の喉を通っていく。その姿を慎重に観察していた。

「身体の痛みは？」

「……ないです」

桜子は首を左右に振った。視線をディオンに合わせない。その態度がディオンには歯がゆい。

「もう三日も眠っていた」

「えっ⁉　三日も？」

桜子はそこでカリスタを思い出して、ようやくディオンを見た。

「カリスタは⁉」

聞いてみたものの、答えが怖い桜子だ。

「持ち直して、食事ができるようになった」

「よかった……」

心の底から安堵したが、不安が押し寄せてくる。

「ザイダ。サクラに消化のいい食事を」

「はい。すぐにお持ちします」

命令したディオンに、ザイダは両手を胸の位置で交差させて膝を折り、部屋を出ていった。

「サクラ。なぜ元の世界へ戻りたかったんだ？　血生ぐさいこの世界が、嫌になったのか？」

ディオンは静かに語りかけた。

「……そうです。この世界で生きていくのが嫌になったんです」

桜子は俯きながら答えた。ディオンのアメジスト色の瞳と目を合わせてしまうと、心を見透かされそうで怖かったからだ。

「私が頼りないんだな？」

ディオンの寂しそうな声に、ハッとして顔を上げる。

「ちが……違いますっ！」

「そうだろうか？　私がそなたを愛しているのを知っているのに、黙って帰ろうとした。あのまま元の世界へ帰ってしまったら……残された私の気持ちを考えてくれなかったのか？」

憤ったような顔を一瞬見せ、ディオンは椅子から立ち上がった。

「私はそなたを愛している。サクラのためなら全力で戦い、守り、思いきり愛せる。だが、私の心はそなたに届いていなかったようだ」

桜子が初めて見る、憂いに満ちた表情のディオンだった。

「サクラが元の世界へ戻りたいというのなら、毎日でもあの場所へ連れていく。今は身体を治すことだけを考えるんだ」

ディオンが部屋を出ていった。

ひとり残された桜子は両手で顔を覆った。涙が止めどなく出てくる。

（ディオンさま……）

彼の立場だったら怒るだろうと理解できる。

（私は、ディオンさまにひどいことをしてしまった……あのとき、ディオンさまのことを考えられなかった……愛しているのに）

離れなければならないせいで、ディオンをこれ以上想わないようにしていた桜子だ。愛しすぎれば、つらくなるだけだと。

しかし、今ここへ戻ってきてディオンの苦悩と直面し、桜子の心は申し訳ない気持ちと悲しみに襲われていた。

『毎日でもあの場所へ連れていく』

ディオンの言葉が脳裏に響く。

（嫌われたほうが……いい。深く愛したら、ディオンさまがかわいそうだ……）

涙を拭いている途中で、ザイダが食事の盆を持って戻ってきた。

「サクラさま。お目覚めになられてよかったです」

「ザイダ。心配かけてしまってごめんなさい」

「私よりも、殿下が三日間ずっとここにいらしたんですよ。とても心配していらっしゃいました。殿下のお身体のほうが心配になって、イアニスさまも休むように進言されたのですが、絶対におそばから離れませんでした」

ザイダの話に、桜子の胸は引き裂かれそうなほどの痛みを覚える。

「本当に、殿下はサクラさまを溺愛されておりますね。ご心配をかけないためにも、たくさん食べてくださいね」

桜子の膝の上に盆を置いたザイダは、にっこり笑った。


政務室の長椅子に横になって休んでいるディオンは、桜子の看病でほとんど眠っておらず、そのせいで眩暈に襲われていた。

そこへイアニスが部屋に入ってきた。長椅子でディオンが目を閉じているのを見て、音をたてないように机に向かう。

しかし、気配でディオンは目を開けた。

「起こしてしまい、申し訳ありません」

「いや。眠ってはいない」

「サクラさまがお目覚めになったと聞きました。ホッとしましたね」

イアニスは陰のある表情のディオンに首を傾げる。

「どうかしたのですか？」

「……サクラがよくなったら、この世界へ来たときのあの場所へ毎日行く」

ディオンの話の意味が呑み込めない。

「それは、どういうことで？」

「サクラはここを離れたいんだ」

イアニスの細めの目が大きく見開かれ、驚く。

「私はサクラの望みを叶えたい。いや。彼女の笑顔のために、そうしなくてはならない。ここはサクラにはつらすぎるようだ」

「ディオンさまは、それでいいのでしょうか……？　ご納得を？　大事な娘を手放せるのですか？」

畳みかけるようなイアニスだ。

「納得などしていない。だが、私はサクラの幸せを望んでいる。彼女の気持ちを尊重するだけだ」

皇子として周りの者にかしずかれながら、今まで過ごしてきた。本来ならばもっと強引に、自分の思うままに命令をすれば、大抵の相手は逆らうことなどできない立場である。

だが、小さい頃からの母の教えで周りを見る力を養ってきたディオンは、人の気持ちを優先させてしまうのだ。

「ディオンさまは優しすぎます。絶対に帰さないと言えばいいのです」

この件ばかりは食い下がるイアニスに、ディオンはフッと笑みを浮かべる。

「残念ながら、私はあれに嫌われたくないんだ」

頬にかかる金色の髪を耳にかけ、立ち上がった。

「少し休ませてもらう」

政務室を出ていく後ろ姿に、イアニスは深いため息を漏らした。


翌日。桜子はカリスタを見舞っていた。寝台の上で上体を起こしているカリスタの顔色は幾分よくなっており、胸を撫で下ろす。

「サクラ！　怪我は治ったのかい⁉」

カリスタは桜子の剣の怪我をずっと心配していた。

「はい。もう平気です。それよりもカリスタ……よかった……」

ひと回り小さくなったようなカリスタに、桜子は目に涙を浮かべている。

「心配をかけたねえ。もう大丈夫だよ。だって、そうだろ？　お前さんとディオンさまの婚姻を見届けて、お子を腕に抱くまでは死ねないよ」

カリスタがそんなことを思っていたと知り、驚いた。

「そ、そんなのはまだまだ先です。もっともっと長生きしてもらわないとダメですよ」

そのようなことが現実にできたら、どんなに幸せだろうかと思う。

（ディオンさまに愛され、赤ちゃんを産んで……ずっと幸せな生活を……）

カリスタは皺のある顔をしかめさせる。

「いや、すぐに結婚してほしいね。ダフネ姫など気にせずに。万が一あの姫と結婚をしたとしても安心おし。ディオンさまは絶対にあの姫とは同衾《どうきん》しないさ」

「同衾……？」

意味がわからず、桜子は首を傾げた。そんな桜子にカリスタは大きな声で笑う。

「本当に、お前さんは可愛いね。同衾とは同じ寝台を使うこと。つまり、男女の愛の営みさ」

老婆からそんな言葉が出て、みるみるうちに桜子の顔が茹《ゆ》でだこのように真っ赤になっていく。

「カリスタっ！　もういいですっ！」

「そんなに初心《うぶ》だから、ディオンさまもサクラに手を出せないんだねえ」

からかう元気が出て、口だけはいつものように達者なカリスタに、扉の近くで控えていたザイダとエルマも嬉しかった。

「サクラの戦いっぷりも見事だったよ。私が助かったのはお前さんのおかげだ。ありがとう」

カリスタは桜子の手に自分の手を重ねた。

それからしばらく話をしていたが、カリスタを疲れさせないよう、桜子は早めに部屋を出た。まっすぐに自分の部屋には戻らず、庭に出る。桜子の後ろをザイダがついてくる。

昨日から桜子はディオンに会っていなかった。

（怒っているんだ……怒られても仕方ないけれど……やっぱり顔を見られないのは寂しいな。でも、こんなゆっくりもしていられない。またイヴァナ皇后が刺客を向けてくるはず）

今はアシュアン宮殿の至るところに衛兵を配置しており、厳重な警備体制が敷かれている。カリスタの部屋の前にも三人もおり、とりあえず安心ではあるのだが。

俯きながらゆっくりと歩みを進めている桜子の耳に、ディオンが弾く美しい音色が聴こえてきた。

ハッと顔を上げて辺りを見回すと、ディオンがいつもいる娯楽室がすぐそこにあった。無意識で、ディオンがいると思われる場所を歩いていたのだ。

窓は開いており、そこから音楽が奏でられている。覗きたくはなかったが、ディオンの姿を見たい誘惑には逆らえず、娯楽室の窓に近づく。

そっと顔を窓に寄せた。ディオンは長椅子にゆったりと座り、楽器を弾いていた。その近くでは女官ふたりが大きなうちわで風をゆっくり送っている。まるで女をはべらせているような光景に、桜子は嫌な気持ちになる。

(私が風を送ってあげたいのに……)

そのとき、ディオンが手を止めた。ギクッとなって顔を上げると、彼はまっすぐ桜子を見ていた。目と目が合い、桜子を認めた顔はフッと笑みを浮かべる。

「そのようなところにいないで、中へ入ってきなさい」

いつもと同じような態度のディオンだが、言葉は桜子の耳には冷たく聞こえた。

「い、いいえ！　散歩の途中なので！　お、お邪魔しました！　失礼します」

桜子は頭を下げると、その場から逃げるように去った。


二日後の朝食後。桜子は門に向かった。そこへ来るようにと、ザイダがディオンからことづかってきたのだ。娯楽室で会話をして以来、ふたりは会っていなかった。

門には桜子の乗る葦毛の馬が用意され、ディオンと護衛ふたりは、すでに騎乗していた。

「サクラ。馬に乗って」

桜子は馬番から手綱を譲られ、飛び乗った。

（あの約束を守るつもりなんだ……）

ディオンが自分を元の世界へ戻す協力をする。そのことを考えるだけで、胸が痛む桜子だ。

ディオンを愛している。元の世界へ戻りたかったのは、ひとえにディオンや、イヴァナ皇后に狙われているカリスタやザイダのため。

（私が邪魔なら……私を殺せばいいのに……）

そう思っても、死にたくないのが本音。自分がいなくなることでみんなが無事ならば……そう思って、家族の元へ帰りたかった。

今は家族よりもディオンに向ける愛のほうが強い。だから、彼のそっけない態度が悲しい。

一行はラウリを先頭に、ディオン、桜子、そしてニコが後ろにおり、馬を走らせる。

そしてなにも会話がないまま、目的の場所へ到着した。

約一週間前、気が狂ったようになった森の入口だ。桜子は葦毛の馬から降りて、そこにゆっくりと向かう。

ディオンも馬上から降り、離れたところから腕を組んで桜子を見つめている。

この場所がスタート地点というだけあって、ここにいれば帰れるのではないかと考える。桜子がここを離れてよその国へ行って生活するのは困難だ。それならば元の世界に帰り、ここでのことを忘れたほうがいいと、ディオンの苦渋の決断だった。

桜子はしばらく辺りをウロウロしていた。ディオンと護衛ふたりは木陰で座って、桜子を見守っている。常に彼らの視線を感じていた。

（なんか、見ていられるのも嫌だな……）


うろつくこと一刻。木陰で見守っていたニコが桜子に近づいてきた。

「サクラさま、少しお休みになられては？　飲み物でも飲んでください」

ディオンの元へ行きづらくて困っていたところでのニコの気遣いに、桜子は頷いた。

ニコが一緒でも、ディオンに近づきづらいことには変わりない。ところが桜子がニコに座るように言われたのは、ディオンの隣だった。

（隣のほうが、顔を見なくて済むからいいのかも……）

ラウリから革袋に入った飲み物をもらい、口へ運ぶ。

「サクラ。病み上がりなんだ。無理はしないように」

ふいにディオンが話しかけてきて、ビクッと肩を跳ねさせて横を見る。彼は桜子を見ていた。

こうしてディオンの美しい顔の細部まで見られる距離は久しぶりで、桜子の心臓がドクッと跳ねる。

「……ディオンさまは、このようなところにずっといては退屈でしょう。私ひとりでも平気なので……」

桜子の言葉に、ディオンは不機嫌な顔を向ける。

「それで？　元の世界へ帰れたとき、私は見送ることもできないのか？　もしも、悪い輩に連れていかれたら？」

「ディオンさま……」

桜子にはディオンの気持ちがわかる。反対の立場だったら、彼のようには振る舞えないだろう。

「私がいても気にするな。毎日違う時間帯にここへ来よう」

「……はい。ありがとうございます……ごめんなさい」

「寂しいが、サクラのことはすぐに忘れてみせよう」

ディオンは微笑みを浮かべた。

　それから毎日、時間帯を変えて、倒れていた場所を訪れた。

　イヴァナ皇后は今のところなにも仕掛けてきていなかったが、六日が経つ頃には、ディオンの元を去れと言われた期限まで残り約一週間になっていた。

　一週間もこの場所を訪れ続けても、まったくなにも起こらない。

（やっぱり帰ることはできないんだ……だとしたら、この国を去るしかない……）

　幸い、剣も扱える。なんとかひとりで生きていけるかもしれない。少し離れたところでディオンに見守られながら歩いている桜子は、心に決めた。

　しかし、そう決意しても胸は激しい痛みを覚えている。

　ディオンと離れたくない。でも、自分たちには未来がない。ディオンにイヴァナ皇后の計画を話してもどうすることもできない。相手はディオンより立場が上の皇后なのだ。

「サクラ」

　ディオンの声にハッとなり、振り返る。

「ディオンさま」

　いつもはラウリかニコが連絡係であった。すぐ近くに、ディオンが来ていたことに驚く。

「もう一週間が経った。おそらくサクラは、元の世界へ戻れないのだろう。いや、今は戻れないのかもしれない。いつかは……」

「……はい。もう諦めます。ディオンさま、付き合ってくださってありがとうございました」

桜子は笑みを浮かべてお辞儀をした。

「私がダフネと結婚しても、宮殿にずっといてほしい」

心の底では、ディオンはダフネ姫と結婚はしないと思い込んでいた。

（やっぱり……彼女と結婚するしかないんだ……）

愛している人から言われると、ショックで目頭が熱くなる。

「ディオンさま、帰りましょう」

ディオンに背を向けると、歩き始める。その手が掴まれ、引っ張られた。そして、背後から力強い腕で抱きしめられる。

「そなたは……嫉妬をしてくれないのか。私から去ろうとしていたのだから、それもそうだろうな……私はとてもやりきれない」

ディオンの切ない声に目を閉じる。そうしないと涙がこぼれてきそうだった。

「……私たちの世界では、妻の他に愛する人を作ってはいけないんです。いくら愛がなくても……無理なんです」

この国の文化は違う。何人も娶っていい身分であるディオンには理解できないだろうと考え、言葉にした。

「私はそなただけを愛している。宮殿へ戻ろう。雨が降ってきそうだ」

ディオンははっきりと桜子に伝えた。

その言葉に桜子は空を仰ぎ見る。時刻は昼を過ぎた頃で、空は真っ青だ。

(降りそうもないけど……)

アシュアン宮殿に到着する頃には、雨が降りそうなほど空が暗くなっていた。ディオンの見立ては当たっていたのだ。

桜子はディオンに後宮に送られた。ザイダは桜子の姿に、ホッと安堵の笑みを浮かべる。それはここ一週間、毎日のことだ。

「おかえりなさいませ。降られる前のご到着でよかったです」

「ただいま。ザイダ」

桜子はそのまま寝台に行き、ゴロンと身体を横たえる。

「少し休んでから、カリスタのところへ行ってくるね」

ひとりになって、ディオンのことをちゃんと考えたかった。

「はい。お休みください」

ザイダは寝台に留めていた布を垂らす。

ディオンに想いを馳《は》せたとき、空がピカッと光り、すぐにドドーン！と雷が鳴った。

「きゃーっ！」

桜子は飛び跳ねるように身体を起こし、耳を塞ぐ。

「ザイダ！　そこにいる？」

薄布の向こうにいつも控えているはずのザイダの返事がない。

「ザイダ？」

薄布をめくろうとしたとき、向こう側から開かれた。その主はディオンだった。

「ディオンさま……」

「ひどい雷鳴だ。怖がっていると思った」

ディオンは寝台の上へ乗り、桜子の隣に腰を下ろす。以前もこういうことがあったのを思い出し、桜子は懐かしくて小さく微笑む。

「こんなこともあったな」

「はい……これほど美しい男の人に近づくのは初めてで、内心ドキドキしていました」

そのとき、ものすごい雷が地響きと共に鳴り、再び叫んだ。

ディオンの腕が肩に回る。

「大丈夫だ。なかなか慣れないな」

その口調はとても優しい。

「絶対に慣れないです」

「横になって、目を閉じて。連日外出したせいで疲れているはずだ」

素直に目を閉じる。その隣にディオンも守るように横になった。

ディオンの言う通り、精神的にも肉体的にも疲労が蓄積している。

彼の腕の中でいつの間にか眠ってしまい、目が覚めたときにはひとりきりだった。


その夜、ザイダが気になることを口にする。

「殿下の具合が悪いようです」

「えっ⁉　それはいつのこと？」

眠る支度をしていた手を止めて、桜子はザイダを見た。

「夕食を下げに厨房《ちゅうぼう》へ行ったときですわ。女官たちが、お熱があると話していたのです」

「そんな……さっきまで……」

(体調が悪いのに、雷を怖がる自分のために来てくれたの?)

自分がディオンを思いやってあげられていなかったことを悟る。

(ディオンさまは、いつだって私のために……)

「様子を見てきます!」

桜子はいても立ってもいられず、ディオンの私室へ向かった。

「サクラさま」

ディオンの部屋から出てきたイアニスは、桜子の姿に内心驚く。ラウリとニコから、ふたりの関係がうまくいっていないと聞いていたからだ。

「ディオンさまの具合が悪いと伺ったんです」

「ええ。実は数日前から、疲れで体調が悪かったのです。熱がありまして」

「数日前から……」

桜子は動揺を隠せない。

「それなのに私に付き合うなんて!」

気づかなかった自分もバカだと責めながら、衝動的に私室に入る。この部屋に入ったのは久しぶりだった。

居間の奥に大きな寝台があり、静かに足を進める。すぐに起こして、『私なんかのために身体を壊さないで』と文句を言いたかった。

(私のことよりも、自分を優先してよ!)

「……ラウリか?」

薄布の向こうからディオンの声がした。眠っていなかったようだ。

桜子は寝台に近づき、布を払い、姿を見せる。すると、横になっていたディオンが驚いたように身体を起こした。額にのせていた濡れた布が落ちる。

「なぜ……?」

桜子は突っ立ったまま、言葉が出てこなかった。

「サクラ? なにか言ってくれ」

込み上げてくるディオンへの想いが胸を詰まらせ、涙が出てくる。

「どうした? なぜ泣く?」

突然泣きだした桜子に驚いたディオンは、寝台から下りようとした。彼が床に足をつける前に、桜子は思いっきり抱きついた。ディオンは抱き留めたが後ろに倒れる。

「泣かないでくれ。サクラ、私の考えていることが当たっているのか。怖いな」

上に乗っている華奢な身体を大事そうに抱える。

「……ディオンさまが好きです。傷つけてしまって、ごめんなさい……具合が悪いのに……自分を第一に考えてください」

「夢のようだ。本当なのか？　もう私から離れないでほしい」

桜子は頷き、右手をディオンの額の上に置いた。アメジスト色の瞳には、いつものような力強さがなかった。

「熱すぎます。冷やさないと！」

桜子が立とうとするも、腕が外されず動けない。

「ディオンさま。離してください」

「嫌だ。そなたを離したくない。もしかしたら本当に夢を見ているのかもしれない。サクラは私を避けていたから」

ディオンの声が切なく聞こえる。

「夢じゃないです。まず熱を下げないと」

強引にディオンの腕から抜け出すと、残念そうなため息が聞こえた。

「私がちゃんと看病しますから、安心して寝てくださいね」

落ちた布を拾って、近くの大きな器に張られていた冷たい水にくぐらせた。絞って額に冷たくなった布を置き、ディオンの様子を見る。今、彼は目を閉じていた。

「ちゃんと食事はしましたか？」

「いや……食欲がなかった」

「ダメです！　そんなことでは治りません。今用意しますから、ちゃんと食べてください」

桜子は私室の外で控えている女官に、消化のいい食事を持ってくるようにお願いした。いつでもすぐ出せるように食事が用意されており、女官がすぐに運んでくる。

「お食事を召し上がってください」

身体を起こしたディオンに、桜子はかいがいしく食べさせ、世話をした。

「よかった。全部なくなりました！」

「サクラがそばにいてくれたからだ」

食事を終え、ディオンは桜子に微笑んだ。熱がある微笑みはいつもよりも色気があり、桜子の胸をドキドキさせる。

胸の高鳴りを隠すように、盆を近くの台の上に置いて小さく深呼吸してから、ディオンに向き直る。

「横になってください。ずっとここにいますから」

椅子に腰を下ろそうとした桜子の手が握られる。

「隣で寝てほしい」

桜子は引っ張られ、ディオンの横に寝かされた。そして優しく抱き込まれる。

「サクラを愛したいのに……」

「ディ、ディオンさまっ！　なにをおっしゃっているんですか。早く目を閉じてください」

額にディオンの唇が落とされる。吐息はまだ熱い。

「ずっとサクラを見ていたい」

具合が悪いディオンに甘い言葉をささやかれ、戸惑うばかりだ。

「では、好きなだけ見ていてください」

黒曜石のような瞳で見つめた。そんな桜子に、ディオンはフッと笑みを漏らす。

「新手の寝かせ方か。じっと見つめられていると、恥ずかしくなってくる」

そっと桜子の唇にキスをして、目を閉じた。

甘く見つめる瞳が瞼に隠され、眠りに落ちる。そんなディオンに桜子はホッとした。

（よかった……休んでくれた……）

美しい寝顔のディオンだ。

（いつも私のほうが先に寝てしまうから、今日はディオンさまの顔を見ていられる）

桜子がそばにいる安心感もあったのか、明け方にはディオンの熱が下がった。

桜子は一睡もしなかった。ディオンの熱が下がるように献身的に布を取り替え、大好きな人の寝顔を見ていた。しかし、完璧な顔を見ながら今後のことを考えると、不安が広がっていた。

イヴァナ皇后との約束のことだ。今までのことを包み隠さず話すつもりでいる。周りの者を守ってもらうために。

寝台の端に両腕を置き、顎をのせてディオンを見ていた。そこへ扉が静かに叩かれた後、イアニスが入室した。

桜子は隣の居間へ行き、イアニスに挨拶をする。

「ずっとディオンさまに付き添っていたと聞きました」

廊下で控えていた女官に聞き、イアニスはひと安心した。桜子がディオンの部屋にいるということは、ふたりがいい方向に進んでいるのだろうと考えていた。

「はい。平熱になったと思います。後で医師をお願いします」

「わかりました。あなたがそばにおられたので、ディオンさまの心も休まったのですね。今回の発熱は心労によるものですから」

桜子は神妙な面持ちで頷く。

「ここからは私がおりますので、サクラさまは部屋に戻り、休んでください。あなたの顔色が悪いです」

「でも……ここにいます」

寝室のほうへ視線を向けると、イアニスは口元を緩ませる。

「わかりました。では、ディオンさまをよろしくお願いします」

イアニスは礼をして、部屋を出ていった。桜子は彼を見送って寝室へ戻ろうとする。

「ディオンさま」

そのとき、居間と寝室との境になっているアーチのところにディオンが立っていた。

「サクラ。ずっといてくれたのか」

ディオンは性急な足取りで桜子のところへ進み、両手を広げ、抱きしめた。

「昨晩のことは、夢だったのかと……」

「現実です」

桜子はディオンの胸に頭を置く。髪に彼の唇が当てられる。

「とても幸せな気分だ。今日は一日中、こうしていたい」

ディオンの指が桜子の顎にかかり、そっと上を向かせた。そしてピンク色の唇にキスを落とす。

食むようなディオンの唇の動きに、桜子の口は自然と開いていき、舌が歯列を優しく割る。

「んんっ……」

舌が絡まる濃厚なキスを、おずおずと受け入れていく。

「サクラ、可愛すぎるぞ……ずっとキスをしていたい」

ディオンは桜子の慣れないキスに微笑み、強引に求めた。

桜子はディオンの腕がなければ立っていられないほど、キスによって足に力が入らなくなっていた。

――トントン。

扉を大きく叩く音に、桜子はビクッと肩を跳ねさせる。ディオンは残念そうにため息を漏らし、彼女を長椅子に座らせ、隣へ腰を下ろす。

入ってきたのはイアニスと医師だ。

「殿下。顔色がよくなられましたね」

「もう診なくても大丈夫だ」

ディオンは医師にやんわりと断るが、瞬時、桜子に「ちゃんと診てもらってください」と言われ、仕方なく腕を差し出した。

脈と目の下の色などを診た医師は、満足そうな顔になる。

「殿下の薬は、サクラさまのようでございますね。もう言うことはございません。しかしながら、今日はごゆっくりなさってくださいませ」

「わかった。サクラと一緒にゆっくりしよう」

ディオンとしては医師の言葉は願ったり叶ったりだ。だが、桜子の心境は複雑。これから話す内容で、ゆっくりもしていられなくなりそうだからだ。

医師が出ていった後、イアニスに残ってもらい、桜子は切り出す。

「私、イヴァナ皇后と約束をしたんです」

「なにか言われたのだろうと思っていた。もちろん、それは私から離れることだろう?」

イヴァナ皇后と会った後の桜子の行動は、わかりやすすぎるくらいだった。黙っているようにも約束させられたはずで、桜子を問いただせば彼女が苦しむと、ディオンは見守るしかなかった。

桜子はコクッと頷く。

「一ヵ月以内にここを出なければ、ディオンさまやカリスタたちの命はない、と。でも、見せしめとしてカリスタが狙われてしまって……イアニスさま、ごめんなさい。私がもっと早く話をしていれば、カリスタを守ってあげられたのに……」

「なにをおっしゃいますか。サクラさまは命をかけて、祖母を助けてくれたではないですか」

血みどろの戦いも起こるこの世界に育ったイアニスは、桜子が取った行動をすんなりと受け止められた。

「今後イヴァナ皇后がどう出るか、怖いんです」

「大丈夫だ。私が命に代えてもみなを守る」

ディオンは非情なイヴァナ皇后に怒り心頭だが、相手が皇后という立場では、今のところどうすることもできない。

イヴァナ皇后が送る刺客と戦い、桜子や他の者を守るだけ。そう思うと歯がゆく、怒りで両手を握る拳に力が入った。

「イアニス。衛兵の配置箇所と人数を増やし、泳がせていた密偵を拘束するように」

「御意」

イアニスが厳しい表情で出ていった。

「サクラ。これから……どのくらいかかるかわからないが、そなたを絶対に守る」

「私はディオンさまが心配です」

「そなたがそばにいてくれれば、力が湧いてくる」

ディオンは桜子の後頭部に手を置いて、引き寄せる。

「愛している。私の妻になってくれないだろうか」

ディオンの言葉に桜子は驚いて頭を起こし、秀麗な顔をまじまじと見つめた。

「私が、ディオンさまの妻に……?」

「そなたの世界では、ひとりの愛する人としか婚姻関係は結ばない。わかっているが、私がダフネを娶るのは免れないだろう。嫌悪されるのは承知している。だが、私はそなたにしか触れたくない。愛したいのはサクラだけ」

桜子の瞳が揺れる。ディオンは動揺している彼女の頬をそっと撫でる。

「私がそなたを手放さないことがわかれば、ダフネとの話は、もしかしたらなくなるかもしれない」

「きっと、それはないです。ダフネ姫はディオンさまが大好きですから、イヴァナ皇后に逆らってでも……」

今までのダフネ姫の行動を見ていれば、ディオンを好きなことは一目瞭然だ。桜子の目に映るダフネ姫は、まさに恋する乙女だった。

「この先は予測がつかない。それでも、私はそなたを愛している。妻になってくれるだろうか?」

「ディオンさま。今は……返事ができません。それはダフネ姫を娶るからではなくて、私の気持ちの整理ができていないから」

「サクラ……」

ディオンに切なそうな瞳を向けられ、受け入れたくなる桜子だが、まだ心の中がごちゃごちゃしている。

「そんなに時間はかかりません。ディオンさまを愛していることも変わりありません」

「……仕方ない。私が性急すぎた。だが、私の気持ちを知ってもらいたかったんだ」

ディオンは目を細め、愛おしい桜子の額にキスをした。

桜子は剣の鍛錬を再開することになった。

(もっと強くなりたい)

その気持ちは確かなのだが、ニコと庭で剣を交えたとき、恐怖心に襲われた。ニコが桜子に剣を振り上げたが、動けなかった。

「危ない！」

桜子の鍛錬を娯楽室の窓から見ていたディオンは、身を乗り出して叫んだ。

剣で防ぐか避けなければならないのに、桜子は金縛りに遭ったようにその場に突っ立っている。

「っ！」

ニコは驚き、とっさに桜子の頭を外したが、左肩に打撃が当たってしまった。

桜子は痛みに呻き、その場にしゃがみ込む。

「申し訳ありません！」

ニコが血相を変えて桜子の元へ行く。ディオンも窓を飛び越えてやってきた。

「サクラ、怪我は⁉」

「平気です。ニコさんが瞬時に力を抜いてくれたので」

普通であれば避けられる攻撃だった。しかし、恐怖心に襲われた桜子は回避できなかった。

「私のせいです。サクラさまを傷つけてしまいました……」

ニコは落ち込んだような顔になり、桜子は自分のせいで意気消沈する彼が気の毒になってしまう。

「ニコさんのせいじゃないです。私が――」

「今日はやめておこう。ニコ、サクラは大丈夫だ。休憩していろ」

そう言ったのはディオンだった。

「サクラ、部屋へ行こう。肩を冷やさなければ」

「はい」

以前の過保護ぶりに比べたら、今回のディオンは落ち着いたものだ。桜子は彼と共に自分の部屋へ戻った。

剣の鍛錬をザイダもそばで見ており、先に部屋へ戻って、冷たい水と布を用意していた。

「脱ぎなさい」

「ええっ⁉」

長椅子に座らされた桜子は、目を丸くする。

「脱がなければ肩を冷やすことができない。さあ、早く」

そっけない口調に従うしかなく、頬を赤らめながら衣装の袖を引っ張り、左肩を出した。

「赤くなっているが、ニコの機転のおかげで軽い打撲で済んだようだ」

左肩に冷たい布が置かれる。

「ごめんなさい……。ぼんやりしていたみたいです」

「ザイダ。医師に打撲用の塗り薬をもらってきてくれ」

そばに控えていたザイダにディオンが指示を出し、彼女は退出した。

「ぼんやりではなく、恐怖で身がすくんだのではないか？」

ディオンの鋭い指摘に、桜子はコクッと頷き、うなだれる。

「怖かったんです……こんなこと、初めてで……。ディオンさま、どうすれば治りますか？　いざというときには戦わなくてはならないのにっ！」

恐怖心で足が動かなかったのが、桜子にはショックだった。これが本物の剣だったら死んでいた。そう考えると全身が震えてくる。

「サクラ……」

ディオンは、両腕で自分の身体を囲うようにした桜子を抱きしめる。

「これは、一度切られた経験のある男でも起こり得ることだ。精神的なもので、なにをしたら治るとは、はっきり言えない」

桜子の震えが収まるように、華奢な身体に回した腕に力を入れた。

「鍛錬は、サクラの気持ちが安定するまで中止にしよう」

「でも……」

なにもやらなければ気持ちが焦ってしまう。

「では、この肩の打撲の痛みがなくなったら、シナイを振るのは？　慣れ親しんだものであれば落ち着くのではないか？」

ディオンの提案に、桜子は何度も頷く。

「そうですね。それがいいです」

壁にかけられた竹刀へと視線をやった。


そんな出来事があってから、二日後。ルキアノス皇帝の使者が驚くべき書簡を持ってきた。

謁見の間で使者と会ったディオンは、怒りで剣を向けそうになった。

その内容は、桜子をベルタッジア宮殿へ召すように、とのことであった。ただそれだけの文面であるが、その意味とは、桜子を十一人目の側室にする命令である。

信じられないことである。密偵の報告で桜子の存在がルキアノス皇帝の耳に入っているのは承知の上だった。黒髪の美しい娘にルキアノス皇帝が興味を持つのを予測しておくべきだったと、ディオンは後悔した。

使者が謁見の間を出たのち、玉座に座るディオンは右手をこめかみにやり、目を閉じて怒気を堪えていた。

（あの男は、なにを考えているのか……それともイヴァナ皇后がなにか策略を？）

頭の中でめまぐるしく考える。

イアニスは苦悩するディオンに声をかけることができない。そばに立っているラウリとニコもだ。

ふいにディオンが顔を上げる。

「歩いてくる。ひとりにしてくれ」

玉座を立ち、謁見の間を出ていった。


桜子は自分の部屋の窓に肘を置いて、ぼんやりしていた。

肩の打撲はよくなっている。もうそろそろ竹刀の素振りをしてもいいくらいなのだが、やる気が起きない。今の桜子の頭はディオンでいっぱいだった。

（妻になりたいけど……本当にそれでいいのかな）

イヴァナ皇后のことを除けば、桜子はディオンに愛されて最高に幸せである。

(幸せなときに限って、嫌なことが起こるもの)

「ふう」とため息を漏らしたとき、ディオンが歩いているのが視界に入った。

「ディオンさまっ!」

身体を起こしてディオンに手を振った。しかし、気づく様子がない。

(ラウリとニコがいない……どうしたのかな)

考え込んでいるようなディオンに首を傾げた。

(まさか私のことで悩んでいる……? そんなわけないよね? 心の整理をしたいとは言ったけど……)

あのことで、周りが見えないほどにディオンが物思いにふけるような顔にはならないだろうと考えた。

「ザイダ。ディオンさまのところへ行ってきます!」

桜子は立ち上がり、ディオンがどこかへ行かないうちに捕まえようと駆けだした。

「ディオンさまっ!」

にっこり笑いながら、ぴょんとディオンの前に立つ。

「サクラ。驚いたぞ」

そう言う割には表情が変わっておらず、実際は驚いていないのだろうと、桜子は思った。

（やっぱり、なんだか様子がおかしい……）

「おひとりでどうしたんですか？」

明るく聞いてみると、整いすぎている美貌が破顔する。

「私を気にかけてくれるとは、嬉しいな」

「そんなことないです！　いつでも気にしていますからっ。ご一緒してもいいですか？」

わざとらしい笑みを見て、やはりなにかあったのだと悟る。

（こういうときは、元気づけてあげたい）

「もちろん」

ディオンは桜子の手を握ると、ゆっくり歩きだした。

「カリスタはだいぶよくなったそうだな。元気すぎて女官たちを困らせていると聞いている」

「はい。まだ動かないようお医者さまに言われているので、退屈しているみたいです。

一日中、文字の勉強をしていようって言われて、面食らっちゃいました」

桜子は元気になったカリスタを思い出して、笑みを浮かべる。

「一日中……か。カリスタらしい。サクラが心配で、そばにいてほしいのもあるんだろう」

「そんなことをしたら具合が悪くなりますよって、ビシッと言ったんです」

「サクラにはカリスタも敵《かな》わないな。私もサクラに逆らわないようにしよう」

そう言って笑うディオンの手を引っ張り、桜子は立ち止まる。

「どうしたんだ？」

「……だから……ディオンさまもなにかあったら、ちゃんと私にも教えてくださいね？」

真剣な顔でお願いをした。

「サクラ……愛おしいサクラ……私の妻になる決心はついたか？」

ディオンは桜子の手を持ち上げて、甲に口づける。

「やはりまだ決心がつかない？」

「ディオンさまは、待ってくださると……やっぱりなにかあったのですね？」

「……ルキアノスが、そなたをよこせと」

桜子は驚きすぎて、声が出せなかった。

「そなたを守るために、一刻も早く私の妻になってほしい」

「……私がディオンさまの妻になったら、皇帝の元へ行かなくていいのですか？」

以前話してくれたディオンの両親のことを思い出した。前皇帝の妻が欲しいがために、ルキアノス皇帝はディオンの父親を殺したのだ。ルキアノス皇帝は、そういうことを平気でできる人間だ。

ディオンは苦悩の表情を浮かべ、首を横に振る。

「サクラが私の妻にならなければ、アシュアンの兵士たちの士気が上がらない。大義名分が必要なんだ」

「それは……皇帝の兵士たちと、戦いになるってことなのですか？」

桜子は事の重大さに眩暈を覚えた。

（なぜ私が……皇帝に？　イヴァナ皇后が？　私が邪魔だから？）

そして異世界から来た自分のために、ディオンはルキアノス皇帝に逆らい、戦おうとしている。

桜子の胸が詰まり、泣きそうになった。

「愛する人はサクラしかいない。そなたを愛している。どうか妻に」

「私も、ディオンさまを愛しています」

「では、妻になってくれるか？」

桜子は、はっきりと頷いた。

「ありがとう。そなたを危険な目には遭わせない」

ディオンは桜子の顎に手をかけると、口づけを交わした。


カリスタを見舞い、部屋を出て後宮へ戻る途中、イアニスと回廊でバッタリ会った。

「サクラさま。祖母の見舞いでしたか」

「はい。元気になっているようで安心しました」

桜子の言葉にイアニスは口元を緩ませる。

「サクラさまのおかげですよ。あなたが活力になっているようですから。ああ、それよりもディオンさまから聞きました。妻になってくださると。喜んでおいででしたよ」

イアニスはふたりのことを喜んでいたが、これからのことを考えると、とてつもない不安が心の中に広がってもいる。

「あの、聞きたいことが……。どうして、ルキアノス皇帝が私を……？　イヴァナ皇后の罠《わな》なのでしょうか？」

「イヴァナ皇后の策略かはわかりかねますが、ルキアノス皇帝が好色な男であることは、はっきり言えます」

桜子の顔が不安げになったのを見て、イアニスは続ける。

「ですが、ディオンさまが必ずお守りくださいますから、ご安心を」

「……でも、それによって、戦いになってしまうのでは？」

「もともと、ディオンさまがベルタッジア国の正統な血筋。いつかはルキアノス皇帝を倒さなくてはならなかったのです。戦いが早まっただけですよ」

イアニスによると、皇都や他の領にも前皇帝派の貴族たちがおり、ディオンを支持しているようだ。

とはいえ、武力では大人と子供ほどの差があり、「綿密な作戦をこれから立てなければ」と言ってイアニスは去っていった。

第七章

その日の夕食前。桜子は湯浴みの後に、ザイダに香油を塗ってもらうように頼んだ。

それでザイダはピンときたようだ。

「サクラさま。とうとうご決心なさったのですね！」

桜子は恥ずかしくなり、一気に顔を赤らめる。

「もちろん、お支度、お手伝いさせていただきます」

うきうきした足取りのザイダは、衣装部屋へ行ってしまった。

(決心か……確かに決心はしたけど……)

ディオンの妻にはなりたい。ずっと一緒にいたい。だが、そのために生じる犠牲は、収拾がつかないほど多大なものである。

「サクラさま！　ピッタリなご衣装を見つけました！」

戻ってきたザイダは、純白の薄い生地に金糸で刺繍がされた衣装を腕にかけていた。

「ありがとう。とても綺麗」

「では、湯殿へ参りましょう」

ザイダは桜子の思案顔に気づかなかった。

「サクラ。たとえようがないほど綺麗だ。美しい……」

ディオンの私室の居間に姿を見せた桜子に、彼は感嘆の声を上げた。

長い黒髪は両耳の上でクルクルと巻かれ、一部は垂らされている。純白の衣装は桜子によく似合い、ザイダに塗られた香油とマッサージのおかげで、肌が艶々になっていた。

「そんなに見つめないでください……」

本当に自分が綺麗になったのかわからないが、ディオンが喜んでくれており、桜子は安堵する。

「サクラの好きな料理を用意させた」

ディオンは桜子を座らせてから隣に腰を下ろす。それが合図で、女官たちが飲み物や料理を運んできた。

桜子はいつものように明るく振る舞いたいが、この後のことを思うと緊張してしまうのだ。

今夜、ディオンに愛してもらうつもりだ。妻になるだけで、その先のことは彼は待ってくれるだろう。しかし桜子の決心はディオンを裏切るものだった。

自分のためにディオンがルキアノス皇帝に歯向かったならば、彼は反逆者として殺されてしまう。アシュアンの兵士たちが戦ったとしても、皇都の兵士の数十分の一しかおらず、全滅も免れない。

自分のためだけにそんなことになってほしくない。もともと自分はこの世界の者ではない。犠牲者を出してはいけないのだ。

桜子はルキアノス皇帝の元へ行くつもりだ。スケベ爺《じじい》にバージンを奪われるのなら、ディオンに愛してもらいたかった。

「サクラ？　どうした？」

「えっ？　いいえ……」

「この後のことが心配なのか？　私はそなたの気持ちを尊重する」

ディオンは優しい笑みを浮かべて、桜子の気持ちをほっこりさせてくれる。

桜子は首を横に振る。

「私は……ディオンさまに愛してほしいです」

自分からディオンに顔を近づけ、驚きを隠せない唇にキスをした。

「一度そなたを奪ったら、絶対に手放さない。どこにも行かせない。いいんだな？」

桜子からのキスはディオンに主導権が移り、甘く唇を食まれた。


翌朝。ふたりは朝食を仲睦まじく食べていた。

「サクラ。今までの人生の中で一番幸せを感じている」

ディオンは赤い色のフルーツジュースを口にする。

「はい。私も……とても幸せです。ディオンさま」

ディオンが飲んでいるジュースには、桜子が眠れないと言って医師からもらっていた薬が入っている。うまく効けば眠気に襲われるはずだった。効いてくれないと困るのだが。

桜子はディオンが薬で眠っているうちに皇都へ行き、ルキアノス皇帝に会うつもりだ。ディオンとアシュアンの民を助けたかった。

「パンも食べてください」

丸いふっくらしたパンをディオンに差し出す。

「ん……どうしたのか……急に……眠気が」

桜子からパンを受け取ろうとした手が下がる。

「どうして……？」

ディオンはものすごい眠気に襲われ、ハッとなったときにはすでに遅く、崩れるようにしてクッションの上に倒れた。

「ディオンさま。ごめんなさい……」

桜子は泣きそうになりながら、深い眠りに落ちたディオンにキスをして立ち上がる。ディオンの顔を記憶に留めておくように何度も振り返りながら、扉へ向かった。廊下に控えている女官に近づく。

「ディオンさまはやることがあるので、午前中は出てくるまで邪魔をしないでほしいとおっしゃっていました」

「かしこまりました」

女官は身体の前で両手をクロスさせて、膝を折った。

ゆっくりしている時間はなかった。ディオンが薬に強ければ、すぐに目覚めてしまうかもしれない。そうなったら桜子の計画はすべて水の泡になってしまう。ディオンは全力で桜子を守ろうとするはずである。

桜子は厩で葦毛の馬に乗り、追われるようにアシュアン宮殿を出た。皇都の方向はわかっている。

早くアシュアン領から離れなければと、馬の速度を上げた。

馬の背で涙が止まらなかった。しかし、涙を拭くのは後にする。もう落馬したくなかったからだ。


二刻後。桜子は皇都に入った。途中、出会った人に道を尋ねながら。

黒髪はスカーフのような大きな布でうまく隠しており、桜子の容姿が目立つことはなかった。

（もう少しで着く……）

そう思うと心臓が痛いくらい跳ね上がり、早鐘を打つように暴れてきた。

巨大な門の前には、衛兵がズラリと並んでいる。桜子は少し手前で馬から降りて、手綱を引っ張りながら衛兵に近づく。

「なんだ？　お前は？」

立ち止まった怪しい女に衛兵は鋭く問いかけた。そこで桜子はハッとなる。ルキアノス皇帝からの書簡を持っていなかった。

「あの、私はアシュアン宮殿から参りました、サクラと申します。ルキアノス皇帝に呼ばれてやってきました」

こんな言葉を衛兵が信じて、ルキアノス皇帝の元まで行けるのか。イアニスから書簡を盗んでこなかったことを後悔した。

「お前、『はい。そうですか』と、皇帝陛下にすんなり会わせてもらえると思っているのか⁉」

衛兵は呆れながら桜子を叱責した。

「本当に呼ばれているのです。確認してきてくださいませんか？」

門前払いをされる予測はしていなかった。大雑把な計画だけで無我夢中になっていたせいだ。

「そんなことを聞きに行ったら、俺たちが首をはねられる！」

恐ろしいとばかりに身を震わせてから、衛兵はバカにしたように笑う。

「ほら。帰れ、帰れ！」

手を振りはらう仕草で、ここから去るように言われた。これ以上いると、衛兵の腰に提げている剣で切られそうだ。桜子は少し離れて考えようと馬を引いて歩きだした。

「待て！」

すると、別のところにいた衛兵が走ってくる。

「その布を取れ！」

髪の色を隠すために巻いていた布のことだ。桜子はその布をパサリと外した。

「お前を見たことがある。アシュアン領のディオン第三皇子と一緒にいた娘だな」

「そうです！　ルキアノス皇帝から会いたいと書簡が届いたのです」

話がわかる者の出現に安堵して、もう一度説明した。

「ちょっと待っていろ」

衛兵は近くにいた同僚に声をかけ、宮殿の中へ入っていった。

できることなら、騎乗してここから全速力で離れたかった。それをしないのは、ディオンやアシュアンにいるみんなのためだ。

（ディオンさまは、今頃……）

昼を過ぎている。女官か誰かに起こされたか、薬の効果が切れたかで、目を覚ました頃かもしれない。

馬番には、自分が出かけることはディオンも側近も知っていると言ってあるから、彼から報告がいくことはないと桜子は思っている。

桜子がディオンを想っていた、その頃――。

目を覚ましたディオンは、眠気と戦いながらフラフラと廊下に出た。

「殿下！　どうされたのですか⁉」

廊下で控えていた女官は、壁にもたれるディオンに驚く。

「サクラは⁉」

「ご朝食後、殿下を午前中はお呼びしないよう申しつけられ……お部屋にお戻りかと……」

ディオンははっきりしない頭を勢いよく振る。

「医師と……イアニスを！」

「は、はい！　ただ今！」

女官が狼狽しながら駆けていった。

（サクラ。そなたはどうして……こんなことを？）

ディオンがハッと息を呑んだとき、ラウリとニコがやってきた。

「殿下！」

ディオンの様子がおかしいことを、今廊下で会った女官に聞き、慌ててやってきたところだ。

「サクラを探すんだ！」

ディオンは嫌な予感に襲われていた。

そしてラウリとニコが調べた報告と、ディオンの考えは一致していた。

桜子はこの宮殿にいない。自ら出ていったのだ。

政務室の椅子に座っているディオンが、ガクッと肩を落とした。

この世界へ来た森へ行ったのではなく、ルキアノス皇帝の元へ行ったに違いないという結論に至る。衛兵を出して桜子のゆくえを追った結果、彼女は皇都へ向かっていたと報告された。道を聞かれた男が名乗り出て、信憑性《しんぴょうせい》が高まった。

「なぜ！　自らルキアノスの元へ⁉」

ディオンは机を拳で殴る。

「いや。サクラは自分を犠牲にしてでも、私を守りたかったんだ」

そばにいたイアニスが頷き、口を開く。

「私が余計な話をしなければよかったのです。申し訳ございません！」

イアニスは昨夕、桜子に会ったときの話をした。

「……サクラ、無事でいてくれ」

ディオンは両手をギュッと握った。

これからの計画を立てていると、門の衛兵から、馬車が皇都からやってきたと連絡があった。

「サクラ⁉」

ディオンは政務室を出て、階段を飛ぶように下りる。

宮殿の出入口に着いたとき、向こうのほうから手を振る女がいた。

「ディオンさまー！」

ダフネ姫だった。ディオンは落胆し、元来た道を歩きだす。

「イアニス。お前が相手をしろ」

がっかりしながら、ダフネ姫がなにを言っているのか気にも留めず立ち去った。

政務室に戻ってからも桜子が心配でならず、ラウリとニコを呼んだ。

・

その頃、桜子はピンチに陥っていた。彼女が案内されたのはルキアノス皇帝の元ではなく、イヴァナ皇后の前だった。

イヴァナ皇后は長椅子に足を置いて伸ばし、肘当てに腕をついて、膝立ちしている桜子を見ている。

「お前が自分から来るとはねえ。よほどディオンが大事らしい」

イヴァナ皇后の真っ赤な唇が緩む。

「私はルキアノス皇帝に会いに来たのです。どうか会わせてください」

女官の迎えで、ルキアノス皇帝の元へ連れてこられるのかと思いきや、気づけばイヴァナ皇后の前だった。

「お前が十一人目の側妃になるのは嫌なの。新しい女はもうたくさん」

イヴァナ皇后は皇后になるために今までの皇妃を陥れ、殺してきた張本人だ。最初はディオンの母・アラーラ皇后。大病を患うように、毒を少しずつ盛ったのだ。そして、次は第一皇子の母・ハルラ皇妃だ。出自が低かったが、皇后の席を空けておくことはできず、ハルラが皇后になった。

野心家のイヴァナ皇后は彼女にも少しずつ毒を盛って、ハルラ皇后を一年かけて殺した。もちろんルキアノス皇帝は知らない。

今は第四皇子である自分の息子を次の皇帝にするために、日々策略を講じている。しかし、身体が弱い第四皇子にはその気はまったくなかった。

側妃など、今のイヴァナ皇后にとって痛くもかゆくもない存在だが、桜子が後宮にいるのは賛成できなかった。可愛い姪がディオンに嫁いでも、彼の心はずっと桜子を想い続け、ダフネ姫は幸せになれない。そう思っている。

「お前の存在自体が目障りなのよ！　毒酒を持ってきなさい！」

イヴァナ皇后は冷たく言い渡した。

（毒酒⁉）

桜子の心臓はドクンと跳ね上がる。

（私は殺されるの……？）

ショックで茫然となっている桜子を、イヴァナ皇后は楽しそうに見ている。

年配の女官が、毒々しい赤の液体が入った杯をのせた盆を持ってきた。

桜子はフラフラと立ち上がり、逃げようとした。しかし大勢の女官に押さえ込まれ、動けなくなった。

再び膝を床につかされ、後ろ手に縛られる。頬の辺りをグッと押されて、口を開かされようとしていた。

唇をギュッと結ぼうと頑張ったが、自由の利かない身体では、どうすることもできない。

（ディオンさま……）

まさかこんな結末になるとは思ってもみなかった。すべては自分の浅はかな計画のせいだ。

目をつむり、ディオンの顔を思い浮かべた。

「飲ませなさい！」

イヴァナ皇后の合図で、毒酒を持っていた女官が一歩桜子の前に進み出る。ゆっくりと毒酒の入った杯を口元に近づけたとき――。

「やめないか！」

威厳のある声が響き、女官が肩を跳ねさせる。毒酒は杯からこぼれ、桜子の腕にかかった。

イヴァナ皇后は驚愕して、入ってきた人物に恐れをなし、床に頭を伏せる。

「こ、皇帝陛下‼」

「わしが召した娘を殺そうとするとは！」

彼はつかつかとイヴァナ皇后に近づき、伏せている身体を蹴り上げる。

「ああっ！　……も、申し訳ございません！　これには、わけがっ！」

イヴァナ皇后の叫び声を聞きながら、桜子はぐったりと床に座り込んだ。

（私、助かったの……？）

イヴァナ皇后を睨みつけている、不機嫌な顔つきのルキアノス皇帝を見る。

「この者を拘束部屋へ連れていけ！」

自分が言われたのかと、ビクッと桜子の肩が跳ねたが、衛兵らはイヴァナ皇后を捕まえていた。

「皇帝陛下！　どうしたのですか⁉　私をお助けください！」

衛兵に引っ張られるように歩かされているイヴァナ皇后は、髪を振り乱しながらルキアノス皇帝に求めている。

女官たちはルキアノス皇帝の剣幕に身を震わせ、壁にズラリと並び、俯いていた。

「お前！　この娘に湯浴みをさせ、新しい衣装に着替えさせろ！」

指を差された若そうな女官は、ビクビクしながら前に進み出る。身体の前で両手をクロスさせて膝を折った。

「こ、こちらへいらしてください」

若い女官は桜子を立ち上がらせて、歩かせた。

桜子はなにが起こったのか、まったくわからない。とにかく命は助かったが、着替えさせられて、ルキアノス皇帝の前に出され、身体を奪われる……そのシナリオは間違いないのだろうと思った。

ルキアノス皇帝は、思っていた通りのいかめしい顔つきで、見るからに怖い人物だった。

桜子は後宮の湯殿へ連れてこられた。ここの湯殿は、アシュアン宮殿とは桁違いの豪華な造りである。

（上品な感じではなく、成金的な……）

少し気が緩んだが、ピンチな状況であることには違いない。毒酒のついた衣装では生きた心地がしないので、湯浴みと新しい衣装はありがたかった。

女官は桜子と目を合わせないようにして彼女の全身を洗い、香油を塗り、純白の衣装に着替えさせようとした。

純白の衣装だとディオンとの一夜を思い出してしまい、嫌だった。綺麗な記憶のままでいたい。

「他の衣装はないですか？」

「え？」

女官は桜子に初めて話しかけられ、驚いていた。

「純白は……嫌なんです」

「これしかありません」

そっけなく返事をして、衣装を桜子に着せていく。

そして支度を終えた桜子は回廊を渡り、宮殿の中へ案内される。

ルキアノス皇帝の元へ向かいながら、何度駆けだして逃げようと思ったことか。

(あんな人に抱かれるなんて……)

桜子の祖父くらいの年齢だった。

(でも、私なんか取るに足らない女なのに、イヴァナ皇后を拘束するの……? どうしてなんだろう……)

「こちらでございます」

若い女官は静かに扉を示した。両脇にいた衛兵が開ける。

部屋に入る桜子の足は震えていた。

まっすぐ進んだ先の長椅子に、ルキアノス皇帝が座っていた。桜子は挑むような目つきで彼を見つめる。

「ほう……そんな目で見る女は、今までいなかったな」

ルキアノス皇帝は楽しそうな顔つきになった。

「そして美しい。お前は男三人を長い棒で倒したとか?」

アシュアン領のことを知っているルキアノス皇帝は、やはり息のかかった者を宮殿に送り込んでいたのだと確信した。

「三人が弱かったからです」

そう言うと、ルキアノス皇帝は高らかに笑い始める。

「わしも弱いぞ？」

意味がわからないことを話され、桜子は押し黙ったのち、口を開く。

「なぜ私を呼んだのですか？」

「お前に会ってみたかったからだ。ディオンは、わしがお前をここへ呼んだために誤解したようだな。昔話をしようか。そこに座れ」

「えっ？」

(どういうことなの……？)

桜子は困惑しながら、座れと言われた赤いクッションの上に腰を下ろした。

「わしは、前皇帝の側近だった。彼の妹である皇女と、愛のない結婚をした。わしが愛していたのは、ディオンの母・アラーラ皇后だった」

ルキアノス皇帝は、昔を懐かしむような遠い目になる。

「アラーラ皇后がディオンを身ごもったとき、わしは前皇帝と言い争いをした。『お前の妻になった妹が〝愛してもらえない。ルキアノスが好きなのはアラーラだ〟と不満を抱えている』と言われてな。前皇帝は怒り、わしに剣を向けた。そのままわしの死を望んだが、気がつくと倒れていたのは前皇帝だった」

ルキアノス皇帝がなぜこんな話をするのか、桜子は理解できない。

「わしは簒奪《さんだつ》し、アラーラ皇后を手に入れた。あの頃が一番幸せだった。美しい息子・ディオンはアラーラにそっくりで、可愛がっていた」

「でも、アシュアン領へ行ったディオンさまをずっと狙っていたわ！」

実際に桜子がいるときも刺客に襲われた。ルキアノス皇帝がディオンを可愛がったなど、到底信じられなかった。

「わしが狙ったのではない」

「えっ……？　どういうことなのでしょう？」

「すべてイヴァナが仕組んだことだ」

桜子の目が驚きで丸くなる。

「イヴァナが送る手の者などにディオンがやられるわけはないと思い、放っておいたが、イヴァナが姪を嫁がせたいと言い始め、真意を探っていたところだ。イヴァナは、わしが密かに皇帝の座にディオンを就かせようとしていることを知ったようであった」

そこでルキアノス皇帝は、近くにあった飲み物を口にした。

「お前も飲め」

どこからか側近の男が現れ、桜子の前に飲み物を置いていく。

「安心しろ。毒など入ってはおらぬ」

そう言われても、先ほどのことがあり、飲みたいと思わない。

「疑り深い女だな。まあいい。わしがお前を呼んだのは、ベルタッジア国の皇后としてふさわしいか見るためだった」

「私が……この国の……皇后に？」

腰を抜かすほど驚く話だった。

「お前には他の女にはない強い心がある。異国の娘だが、ディオンもお前を愛しているようだ」

ルキアノス皇帝は満足げに頷いた。

「あの、どうしてディオンさまに皇帝の座を譲るのですか？」

「こう見えても、もう身体にガタがきているのだ。わしは疲れた。すべてをディオンに返し、ゆっくりしたい。その前にディオンの許しが必要だがな」

「許し……？」

桜子は聞いてばかりいるが、ルキアノス皇帝はすべてにしっかり答えてくれる。その様子は、肩の力が抜け、楽しんでいるようにも見える。

「不可抗力だったとはいえ、ディオンの父を殺した罪だ」

「あ……」

ルキアノス皇帝に憎しみを抱いていたディオンだ。桜子には、彼がどう思うかわからない。

「イヴァナは罪を重ねていた。ディオンに処分を任せる」

そこで桜子は思い出した。

「ディオンさまは誤解しています！　皇帝が、刺客を送っていたと思っています。それに、皇帝が私を側妃にしようと……早く知らせないと！」

にわかに扉の外が騒がしくなった。そこで乱暴に扉が大きく開き、剣を持ったディオンが入ってきた。

「サクラ‼」

背後にラウリとニコもいる。

（まさか……三人だけで、乗り込んできたの……？）

ディオンの桜子への愛は、それほど強いものだった。

桜子は信じられない思いで、茫然としたままディオンの元へ行き、抱きついた。

「ディオンさまっ！」

桜子の身体を片手で抱きしめたディオンは、ルキアノス皇帝に鋭い眼差しを向ける。

「戦わず、すんなりとここまで来られました。私を捕らえるための罠ですか？」

厳しい口調で問うディオンに、桜子は腕の中で首を左右に振る。

「ディオンさま、違うんです。話は皇帝から聞いてください」

「サクラ？　違うとは？」

長年の確執から、ディオンはルキアノス皇帝を信じられない。

「イヴァナ皇后に毒酒を飲まされかけたとき、皇帝は助けてくださいました」

「なんてことを！　サクラ、怪我はないのか？　毒酒は一滴も口の中へ入らなかったか？」

抱きしめていた身体を腕の長さ分だけ離し、桜子の姿を調べるように手を滑らす。

その光景にルキアノス皇帝は声を出して笑う。

「そなたがそのように心配する姿を見せるのは、アラーラ以来だな」

「……どういうわけなのか、話してください」

ディオンは剣を鞘に戻し、桜子と共に腰を下ろした。

長い話だった。空が暗くなり、月が輝き始めていた。

ディオンの横で桜子は静かに聞いていた。彼の心の中は複雑であろうと推測する。

(ディオンさまは、皇帝を許す……？　深い憎しみがあるせいで、それは無理かも)

桜子にとっては、殺されかけたところを助けてくれた人だ。なんとかしてあげたいが、到底桜子が口を出してはならない問題である。

そして、豪華な夕食が用意された。

「アシュアンへ帰るにはもう遅い。今日は泊まっていくがいい」

食事を終えたディオンと桜子に、ルキアノス皇帝は勧めた。

「ありがとうございます。サクラ、先に部屋へ行っていなさい」

表情の硬いディオンだが、ルキアノス皇帝とまだ話すことがあった。

「はい」

桜子は立ち上がり、ルキアノス皇帝とディオンにお辞儀をする。部屋へ案内する女官が扉の前で待っていた。

桜子が案内された部屋は、ディオンが十五歳になるまで暮らしていた部屋だと女官が教えてくれる。そしてその女官は、アラーラ皇后に仕えていたとも。

「では、カリスタのことも知っているんですね？」

「はい。カリスタさまには、とてもお世話になりました。お元気でしょうか？」

「心臓が悪くて一時は危なかったのですが、今は回復しています」

今回のことがカリスタに知らされていないよう桜子は祈る。心臓に悪いはずだ。

部屋はアシュアン宮殿とほぼ同じ造りで、女官が去ると寝室へ足を踏み入れた。そして、ぐったりと寝台の端に腰を下ろす。

張りつめていた緊張から解放されて、今頃になって手が震えてくる。しばらくこの出来事を思い返していた。

「ルキアノス皇帝が間に合わなかったら、私は死んでいた……やっぱり、ディオンさまには温情をかけてほしい……」

「そうだな。大事なそなたを助けてもらった」

ひとりごとだったはずが、答えが返ってきた。いつの間にか入ってきていたディオンだ。

「ディオンさまっ！」

まだ時間がかかるかと思っていた桜子は驚いて、はじかれたように立ち上がる。

「サクラ」

ディオンは腕を広げ、桜子を抱きしめる。腕の中に華奢な身体を閉じ込め、ホッと息をついた。

「勝手なことをして……そなたがいないと知り、どんな思いをしたかわかるか？」

「ごめんなさい！」

ディオンの唇が、そっと額に触れる。

「そなたならそうすると考えなかった私が、うかつだった」

「ディオンさまのせいではないですっ。私は、ディオンさまやアシュアンのみんなを助けたかったんです。でも、それはおごった考えでした」

桜子は泣きそうで、瞳を潤ませていた。

「もう言わないでいい。サクラを愛したい。私の腕の中にいると実感させてくれ」

ディオンは熱い視線で桜子を見つめ、唇を塞ぐ。そして桜子は抱き上げられ、寝台の上に運ばれた。


翌日。桜子が目を覚ますと、アメジスト色の瞳と視線がぶつかる。

「もしかして、ずっと見ていましたか……？」

「そなたの寝顔が可愛くて、いくら見ていても飽きないんだ」

ディオンは桜子の頬に唇を寄せた。

「ずっと見ていたなんて、恥ずかしいです」

桜子の頬が一気に赤みを帯びる。

「そんなふうに恥ずかしがられると、またサクラが欲しくなる」

ディオンは美しい微笑みを浮かべると、桜子を自分の身体の上に乗せた。

「きゃっ！」

一糸まとわぬ身体をディオンの目にさらされて戸惑う桜子だが、形のいい胸にキスを落とされる。

「そなたはどこも甘い。そなたが私のものだと実感させてくれ」

「あっ、ディオンさまっ……」

ロウソクの灯りだけでも羞恥心でいっぱいだったのに、今は太陽の光が差し込んでいる朝。

ディオンは余すところなく、恥ずかしがる桜子を愛した。


女官に支度を手伝ってもらった桜子は、ルキアノス皇帝の部屋で待つディオンの元へ案内された。着せてもらった衣装は、ディオンの瞳の色に近い薄紫色である。

入室して、ルキアノス皇帝とディオンの表情が柔らかいのを見てホッと安堵し、嬉しくなった。

「そなたの妃はとても美しい。凛とした我が国の国花のようだ」

国花がわからない桜子は、後でディオンに聞いてみようと思った。

「サクラ。先にアシュアンへ戻り、待っていてほしい。私も今日中に戻る」

イヴァナ皇后のことや譲位の件など、これからのことで、ディオンがやるべきことは山積みである。

「はい」

桜子はディオンに返事をしてから、ルキアノス皇帝に向き直る。

「命を助けてくださり、ありがとうございました。お身体に気をつけてください」

丁寧にお辞儀をした。


桜子のアシュアンへの帰路はニコが一緒だった。行きのどん底だった気持ちに比べ、今は清々《すがすが》しい、晴れやかで澄みきった心情だ。

「ニコ、急ぎましょう！　カリスタとザイダに早く会いたいです」

隣を走るニコに桜子はにっこり微笑み、速度を上げた。

「ザイダ！」

後宮の部屋で落ち着かずに待っていたザイダは、桜子の姿に駆け寄った。

「サクラさまっ！　ああ……ご無事でよかった……」

涙を流して喜んでいる。

「心配をかけて、ごめんなさい」

桜子が小さな布でザイダの涙を優しく拭くと、彼女は恐れ多いといった顔になる。

「もったいないお言葉でございます……」

「カリスタに会いに行ってきます！」

馬を飛ばしてきたから休みたいのはやまやまだが、早くカリスタにも会いたかった。

「はい。サクラさまがお見えにならないとおっしゃっていましたので、サクラさまは風邪をひいてしまったことにいたしておきました」

ザイダは機転を利かせ、風邪をうつさないようにするために、桜子はしばらく会いに来られないとカリスタに話していた。

「ありがとう」

桜子は、はずんだ足取りで部屋を出ていった。とても幸せそうな主の後ろ姿に、ザイダは微笑んだ。

カリスタは寝台の上に身体を起こして縫い物をしていたが、桜子の姿に手を止めて、端に腰かけるようポンポンと叩いた。

「サクラ。風邪は大丈夫なのかい？」

座った桜子の両頬に両手を置き、具合を確かめようとしているカリスタだ。

「風邪はひいていないの。カリスタ、落ち着いて聞いてくれる？　無事に済んでいるから、気を揉《も》まないでほしいの」

「なんだい？　私は元気だよ。ちょっとやそっとのことじゃ驚かないからねえ。話してごらん」

カリスタは身を乗り出し、桜子をじっと見る。桜子は慎重に今までのことを話しだした。

そしてすべて聞いたカリスタは、目に涙を浮かべて桜子を抱きしめた。

「よかったよ。よかったよ。すべてうまくいったんだね？」

カリスタの涙に、桜子も昨日の不安が思い出されて涙腺が決壊する。

「……うん。うん。もう安心してね」

お互いの泣き顔を見合って、泣き笑いに変わった。

「今までのことは、あの女が仕組んでいたことだったのか。腰を抜かすほど驚いたよ」

「皇帝は、ディオンさまを息子として愛していたんです」

ルキアノス皇帝がディオンを見る目は温かかった。なぜ今まで他の者が気づかなかったのか、桜子は不思議だった。桜子から見たら、息子への愛情は一目瞭然であったのだ。

（この世界の人間関係は複雑で、そうすんなりいかないのかもしれない……）

「ディオンさまがベルタッジアの皇帝になるんだね。信じられないよ。サクラが皇后さまか。私はもっともっと長生きをしなくては」

「はい。ずっと一緒にいてくださいね」

桜子はもう一度、喜んでくれるカリスタに心を込めて抱きついた。


すべてがいい方向に進んでいる。

桜子は部屋で、ディオンが戻るまで休息を取っていた。その間、ニコから報告を受けたイアニスも桜子に会いに訪れた。

「心配いたしましたが、本当に喜ばしいことです。すべてのものを好転させ、幸せに導くサクラさまは女神ですね」

褒めすぎというくらいのイアニスに、桜子の頬はピンク色に染まる。

「そういえば……」

ところが、今まで笑っていたイアニスの表情が、ふいに曇った。

「昨日からダフネ姫が滞在されています。ディオンさまを今もお待ちになっておられます」

「そうだったんですね……イヴァナ皇后のことは……？」

イアニスは首を横に振る。

「知ったらショックを受けますね……ダフネ姫のことはディオンさまにお任せしたいと思います。私が間に入っても嫌だと思うので」

桜子は、一途《いちず》にディオンを好きなダフネ姫に同情していた。

「では、私から一度皇都に戻るように話しておきます」

そう答えたイアニスは、礼をして出ていった。


夕刻になり、ディオンが戻る途中だと早馬で知らせがあって、桜子は門に向かった。

青と白のタイルが美しい門は、上へ上がることができ、アシュアンの街を見渡せる。

そこで待っていればディオンの馬に乗った麗しい姿が見られると、三階くらいの高さに上った。

鉄柵のある大きな窓に駆け寄る。初めて上がったが、教えられた通り、アシュアンの街が見られて見晴らしがいい。高所恐怖症ではないからずっと眺めていられる。

後から、ザイダが息を切らしながらやってきた。

「サクラさまっ。このような高いところは危ないです」

息を整えながら桜子に話しかけるザイダだ。桜子が振り返ると、彼女は額から噴き出す汗を布で拭いている。

「ザイダは下にいていいのに……こっちへ来て。風が気持ちいいから」

桜子は隣に来るように手招きするが、ザイダは大きく首を左右に振った。

「い、いいえ、いいえ。足がすくんでしまいます」

「高所恐怖症なのね」

「なんでしょうか？　その、コウショ……キョウフショウとは……？」

あまり高い建物がないこの世界に、『高所恐怖症』という言葉はないようである。

「高いところが怖いってこと。いいの。ディオンさまの姿が見えたらすぐに下へ行くから、待っていて？」

「で、では、下でお待ち申し上げておりますね。サクラさま、くれぐれも気をつけてくださいませ」

階段を上がって汗をかき、今度は怖さで冷や汗をかいているザイダが気の毒で、下りてもらった。

腰より低めの鉄柵を握り、涼しい風をいっぱい受けていると、遠くのほうに馬に乗っている集団が見えた。白馬に乗る男性の金色の髪が神々しく輝いている。

「ディオンさまだわ！」

桜子は身を乗り出して、凛々《りり》しく白馬を駆けさせているディオンに見とれる。

ディオンは門の上から見ている桜子がわかるくらいの距離まで来た。

「ディオンさまーっ！」

大きく手を振って声をかける桜子に、ディオンは気づいた。次の瞬間、驚愕の表情になる。

「サクラ！　危ないっ！」

叫んだが、桜子はなにを言われたのかわからなかった。

――ドン‼

そのとき、桜子の背中が後ろから強い力で押された。

「きゃーあっ！」

背中を押され、前のめりになって鉄柵を乗り越える身体。無我夢中で鉄柵を片手で掴み、なんとかぶら下がった。

　必死な桜子の目に、悔しそうなダフネ姫が映る。

「落ちなさい！　落ちて死んじゃえばいいんだわ！」

　ダフネ姫は、かろうじて鉄柵を握っている桜子の指を一本ずつ外そうとしている。

（落ちちゃう！）

　それを目にしたディオンは青ざめた。

「サクラ！　ラウリ、サクラの元へ行くんだ！」

　ディオンはラウリと共に馬を全力疾走させ、桜子がぶら下がる真下へ向かう。

　桜子の黒髪が風に舞う。強い風に砂ぼこりも舞い、目に入らないようにギュッと瞼を閉じる。

「落ちなさいよ！　お前が邪魔なの！」

　ダフネ姫の瞳に狂気の色がうかがえる。引きつった顔で桜子を睨んでいた。

「やめて！」

　鉄柵を片手で握ってぶら下がるには限界がある。力がなくなっていき、もうダメだと思ったとき、ディオンの声が真下で聞こえた。

「私が抱き留める！　手を離すんだ！」

約三階分の高さだ。受け止められたとしても、ディオンに怪我をさせてしまうのが怖い。

しかしそうも言っていられない。もう腕がもげそうだ。

ダフネ姫は業を煮やしたのか、衣装の裾を持ち上げ、靴を履いた足で桜子を蹴ろうとした。

次の瞬間、桜子は目を閉じ、鉄柵から手を離していた。

スーッと真下に落ちていく桜子の身体。

白馬に乗ったまま、ディオンはその身体をがっしりと受け止めた。

安堵の吐息を漏らしたのち、腕の中の桜子へ視線を向ける。彼女は気を失っていた。

危機一髪だったと、桜子がぶら下がっていた窓を仰ぎ見ると、ラウリがダフネ姫を拘束しているところだった。

桜子はビクッと身体を跳ねさせてから、パチッと目を開けた。

黒曜石のような瞳に映ったディオンの姿に安堵し、小さく微笑む。

「ディオンさま……」

「無事でよかった……そなたはこんなときでも笑うんだな」

　ディオンの長い指先が、緩ませた頰をそっと撫でる。

「死んじゃうんじゃないかと思っていたから……ディオンさま、受け止めてくださって、ありがとうございます」

「私が真下へ行くまで、よく頑張った。さすがだ」

　身体を起こそうとすると、右肩に痛みが走り、桜子の顔がしかめられた。

「脱臼まではいかないが、体重をかけたせいで当分は痛むだろう」

　ディオンは桜子が身体を起こせるように手伝う。

「はい……でも」

　そこで、自分を落とした張本人のダフネ姫を思い出す。

「ダフネ姫はっ？」

「拘束し、皇都へ送った。気がふれてしまったのだろう。落ち着いたら、パベル神の審判にかけられる。未来の皇后を殺そうとした罪は免れないからな」

「ダフネ姫が、あそこにいたなんて……」

　引きつった顔のダフネ姫を思い出し、桜子はまだ困惑していた。

「サクラ？　まさか、また助けようなどと思っていないだろうな？」

「……それは、さすがに……です。ディオンさま、白馬に乗った皇子さまはとてもカッコよかったです」

ダフネ姫のことや、門の上から落ちたことは忘れようと心に決めた。

「サクラに褒めてもらうのは嬉しいな」

心から嬉しそうに、ディオンは笑みを漏らす。

「ディオンさまは、私から言わせれば超絶美形なんですよ？　この国の皇子さまだし。そのような人が、ごく普通の私を愛してくれるなんて、不思議で仕方ありません」

「サクラが、ごく普通？　とんでもない。そなたは優しく勇敢で、美しく、素晴らしい心の持ち主だ。そんなサクラを私は愛さずにはいられない」

ディオンの甘い言葉に、桜子は恥ずかしそうにはにかんだ。

そんな桜子をそっと抱きしめ、ディオンは口づけた。

エピローグ

ルキアノス皇帝は半年後に体調を理由に退位し、第三皇子であるディオン・アシュアン・ベルタッジアが次の皇帝となった。

さんざん策略を凝らしたイヴァナ皇后と、未来の皇后を殺害しようとしたダフネ姫は、地下牢に幽閉されることが決まった。

ルキアノスが前皇帝にしたことは不可抗力だったとディオンは信じ、ルキアノス前皇帝はベルタッジアの外れにある、第四皇子が統治するペドゥラ領へ移り住むことになった。

アシュアン領は皇都の隣で、それほど離れていないことから、皇都とひとつになる。皇帝となるディオンが住むと決めたのは、アシュアン領の今の宮殿だ。桜子が皇都よりアシュアン領のほうが好きと言ったのも、理由のひとつであった。


「ザイダ、まだぁ？　もう直しはないでしょう？」

桜子は婚儀の衣装を試着していた。

羽のように軽い純白の生地が、金・銀糸で織られたとても豪華な衣装だ。婚儀の衣装を着た桜子の姿に、ザイダとエルマは感嘆のため息を漏らす。

「エルマさま、もう少し胴のところを絞ったほうがいいでしょうか？」

ザイダが桜子のウエスト部分に触れて、エルマに真剣な表情で尋ねた。

「そうよね。絞ったら、サクラさまのスタイルが際立つわね。反対にお胸のところはもう少し緩みがあっても……」

「えっ？　そうですか？」

ザイダとエルマの視線が、桜子の胸の膨らみへ動く。

「そういえば……サクラさま、お胸が大きくなられたみたいですわ」

ふたりの目が胸に集中して恥ずかしくなった桜子は、隠すように両手を膨らみに当てる。

「そ、そんなことないよ」

否定してみるが、最近体型が変わってきている気がする桜子だ。

「いえいえ。陛下に愛されてお幸せでございますね」

ザイダはにっこりと笑みを浮かべる。

「もう……任せるから、早くしてね」

顔を真っ赤にする可憐な未来の皇后に、ザイダとエルマは微笑みを浮かべた。

「ここにいたんだね。サクラさま、ディオンさまがお探しで――」

カリスタは入室した途端、衣装を着た桜子の美しい姿に目を奪われた。

「おや、まあ……なんて綺麗なんだ。夢を見ているようだよ」

憂い事がなくなったのもあり、カリスタの病状も日に日によくなっていた。

孫のように可愛がる桜子の姿を前に、感激するカリスタの目に涙があふれた。


桜子はディオンと共に、この世界で倒れていた森の入口を馬で訪れていた。夕日が落ちかけ、辺りがオレンジ色に染まっている。

前のようにその場へは行かずに、遠くから見ている。この世界へ来たときは一刻も早く元の世界に戻りたいと願っていたが、今はディオンから離れるのが怖い。

(ここへ来たときに考えた。私はトラックに轢《ひ》かれて植物人間になってしまい、死にかけて、長い夢を見ているのかもしれないと)

この世界へ来てから今までのことが、走馬灯のように頭を巡っている。

(だけど、今はここで生活している実感がある。ディオンさまに触れることもできるし、愛されている。だから、幸せがこのまま続きますように)

その場所に向かって、両手を合わせた。そんな桜子を、ディオンは優しく見守っている。

「ディオンさま、もうここへは来ません。もしもその先へ行かなくてはならないときは、遠回りをします」

「不安なんだな」

桜子はディオンをそっと仰ぎ見る。黒曜石のような瞳は濡れてキラキラしていた。

「はい。ディオンさまから離れることが不安でなりません。……ずっと私を捕まえておいてくださいね」

「もちろんだ。愛おしい人。そうとなれば早くここを離れよう。明日は婚姻の儀だ。世界一幸せな花嫁になってほしい」

ディオンは白馬に騎乗し、手を差し出した。その手を掴むと桜子はふわりと浮き、彼の前に座らされる。

ふたりは自然とキスを交わし、寄り添いながらアシュアン宮殿に向けて出発した。

END

あとがき

こんにちは。若菜モモです。

このたびは『平凡女子ですが、トリップしたら異世界を救うことになりました』をお手に取ってくださり、ありがとうございます。

去年の九月に異世界ファンタジーレーベルができて、初めて書かせていただきました。異世界は作家活動を始めた頃から大好きな設定です。今回このような機会をいただけて、大変嬉しく思っております。

大好きな設定のおかげで、いつになく早く脱稿した作品で、今までで最速かもしれません。

ヒロインは剣道少女で、三段の腕前です。

私の息子が剣道をしており、試合の応援などで見かける女子部員がとてもカッコいいんです。そこからヒントを得て、今回のヒロインを作り上げました。

剣道三段の腕前で悪者をどんどんやっつけていく……そんなお話ではありませんが、

異世界で出会った超絶美形の皇子さまと困難を克服し、周りを味方につける、生き生きとしたヒロインになるように心がけました。

私のお気に入りのサブキャラはカリスタです。ちゃきちゃきの江戸っ子のような性格にしました。どのキャラも愛おしいのですが。『平凡女子ですが、トリップしたら異世界を救うことになりました』、楽しんでいただければ幸いです。


最後に、カバーイラストを手がけてくださいましたすがはら竜先生。憧れの方に桜子とディオンを素敵に描いてもらえて感無量です。

この作品にご尽力いただいたスターツ出版のみなさま。いつも編集でお世話になっております三好さま、矢郷さま。ありがとうございます。これからもお身体に気をつけてよろしくお願いいたします。

デザインを担当してくださった菅野さま、ありがとうございます。

この本に携わってくださったすべてのみなさまに感謝申し上げます。

二〇一九年四月吉日

若菜《わかな》モモ

若菜モモ先生への
ファンレターのあて先

〒104-0031
東京都中央区京橋1-3-1
八重洲口大栄ビル7F
スターツ出版株式会社　書籍編集部　気付

若菜モモ先生

本書へのご意見をお聞かせください

お買い上げいただき、ありがとうございます。
今後の編集の参考にさせていただきますので、
アンケートにお答えいただければ幸いです。

下記URLまたはQRコードから
アンケートページへお入りください。
https://www.berrys-cafe.jp/static/etc/bb

平凡女子ですが、トリップしたら異世界を救うことになりました

2019年4月10日　初版第1刷発行

著　者　若菜モモ

発行人　松島 滋
デザイン　カバー　菅野涼子（説話社）
フォーマット　hive & co.,ltd.
校　正　株式会社　文字工房燦光
編集協力　矢郷真裕子
編　集　三好技知（説話社）
発行所　スターツ出版株式会社
〒104-0031
東京都中央区京橋1-3-1　八重洲口大栄ビル7F
TEL　出版マーケティンググループ　03-6202-0386
（ご注文等に関するお問い合わせ）
URL　https://starts-pub.jp/
印刷所　大日本印刷株式会社

Printed in Japan

ISBN 978-4-8137-0660-1　C0193

ベリーズ文庫 2019年4月発売

『家出令嬢ですが、のんびりお宿の看板娘はじめました』　坂《さか》野《の》真《ま》夢《む》・著

事故をきっかけに前世の記憶を取り戻した男爵令嬢ロザリー。ところが、それはまさかの犬の記憶!?　さらに犬並みの嗅覚を手に入れたロザリーは、自分探しの旅に出ることに。たどり着いた宿屋【切り株亭】で、客の失くしものを見つけ出したことから、宿屋の看板娘になっていき…。ほっこり異世界ファンタジー！

ISBN 978-4-8137-0659-5／定価：本体640円＋税

『平凡女子ですが、トリップしたら異世界を救うことになりました』　若《わか》菜《な》モモ・著

剣道が得意な桜子は、ある日トラックにはねられそうになり…目覚めると、そこは見知らぬ異世界!?　襲ってきた賊たちを竹刀で倒したら、超絶美形の皇子ディオンに気に入られ、宮殿に連れていかれる。日本に帰る方法を探す中、何者かの陰謀でディオンの暗殺騒動が勃発。桜子も権力争いに巻き込まれていき…!?

ISBN 978-4-8137-0660-1／定価：本体650円＋税